DESEC

CHARLENE SANDS

Ese hombre prohibido

HARLEQUIN™

Editado por Harlequin Ibérica.
Una división de HarperCollins Ibérica, S.A.
Núñez de Balboa, 56
28001 Madrid

© 2015 Charlene Swink
© 2018 Harlequin Ibérica, una división de HarperCollins Ibérica, S.A.
Ese hombre prohibido, n.º 158 - 18.10.18
Título original: Her Forbidden Cowboy
Publicada originalmente por Harlequin Enterprises, Ltd.

I.S.B.N.: 978-84-9188-728-7
Depósito legal: M-27649-2018
Impresión en CPI (Barcelona)
Fecha impresion para Argentina: 16.4.19
Distribuidor exclusivo para España: LOGISTA
Distribuidor para México: Distibuidora Intermex, S.A. de C.V.
Distribuidores para Argentina: Interior, DGP, S.A. Alvarado 2118.
Cap. Fed./Buenos Aires y Gran Buenos Aires, VACCARO HNOS.

Capítulo Uno

Se oían los tacones de las botas de Jessica en la terraza bañada por el sol que daba al Pacífico. Zane Williams, protegido por la sombra de la cornisa, se inclinó hacia delante en la tumbona para no perderse ni un movimiento de su invitada. Su cuñada había llegado, pero, ¿todavía podía llamarla así?

La brisa le ondeaba el pelo color caramelo y le deshacía el moño que llevaba casi en la nuca. Unos mechones le taparon los ojos y se los apartó con la mano mientras seguía a Mariah, la secretaria de él. Los vientos soplaban con fuerza a última hora de la tarde en Moonlight Beach y subían desde la playa cuando el sol se ocultaba. A esa hora, los bañistas recogían sus cosas y los lugareños salían. Ese clima era una de las pocas cosas que habían llegado a gustarle de vivir en una playa de California.

Se quitó las gafas de sol para verla mejor. Llevaba una blusa blanca y unos pantalones vaqueros, lavados un millón de veces, con un cinturón ancho de cuero. Las gafas de sol, de concha, no ocultaban el dolor y la angustia de sus ojos. La dulce Jess. Recordaba muchas cosas al verla y se mitigaba un poco la frialdad de su corazón. Parecía que estaba… en casa.

Le dolía pensar en Beckon, Texas, en su rancho y en su vida allí. Le dolía pensar en cómo conoció a Janie, la hermana de Jessica, y en cómo se habían entrelazado sus vidas en ese pequeño pueblo. En un sentido, la tragedia que ocurrió hacía más de dos años le parecía como si hubiese ocurrido hacía toda una vida. En otro sentido, le parecía como si el tiempo se hubiese parado. En cualquier caso, su esposa, Janie, y el hijo que estaba esperando se habían ido y no iban a volver. El dolor le atenazaba las entrañas y lo abrasaba por dentro.

Se fijó en Jessica. Llevaba una maleta grande recubierta con una especie de tapiz de tonos grises, malvas y melocotón. Hacía tres años, les había regalado un equipaje muy parecido a Janie y a Jessica por su cumpleaños. Por casualidad, las dos chicas, las dos únicas descendientes de Mae y Harold Holcomb, habían nacido el mismo día con siete años de diferencia.

Zane agarró las muletas que tenía al lado de la tumbona y se levantó con mucho cuidado para no caerse y romperse el otro pie. Mariah lo mataría si volvía a lesionarse. La muñeca, escayolada, le dolió como un demonio, pero no iba a hacer que su secretaria fuese corriendo cada vez que tenía que levantarse. Se recordó que tenía que decirle al director de su empresa que le diera una bonificación generosa a Mariah.

Ella se detuvo en mitad de la terraza y miró la muñeca rota y las muletas antes de mirarlo con el ceño fruncido.

4

—Aquí lo tienes, Jessica —a él le pareció que la voz de Mariah era más almibarada que nunca–. Os dejaré solos.

—Gracias, Mariah.

Ella lo miró con los labios arrugados, giró la cabeza y se marchó. Jessica se acercó a él.

—Tan caballeroso como siempre, Zane. Incluso con muletas.

Él se había olvidado de lo mucho que le recordaba a Janie. Se le revolvían las entrañas al oír el tono cálido de su voz, pero eso era casi lo único en lo que se parecían Janie y Jessica. Las dos hermanas eran distintas en todo lo demás. Jess no era tan alta como su hermana y sus ojos eran de un verde claro, no del color esmeralda intenso que tenían los de Janie. Jess era morena y Janie, rubia. Además, sus personalidades eran diametralmente opuestas. Janie había sido una mujer fuerte, que corría riesgos y que no se amilanaba por la fama como cantante de country de Zane. Por lo que recordaba de Jess, era más tranquila y callada, una maestra a la que le encantaba su profesión, un verdadero encanto.

—Siento lo de tu accidente.

—Más que un accidente, fue una estupidez. Me descuidé y me caí del escenario. Me rompí el pie por tres sitios.

Había sucedido en el anfiteatro de Los Ángeles mientras cantaba una canción ridícula sobre unos patos en una granja… y él pensaba en Janie. El vídeo sobre su caída se hizo viral en internet.

—La gira se ha pospuesto, no puedo tocar la guitarra con la muñeca rota.

—Me lo imagino…

Ella dejó la maleta en el suelo y miró hacia la playa por encima de la barandilla. Los rayos del sol se reflejaban en el azul oscuro del mar y la espuma de las olas barría la arena mojada. La marea estaba subiendo.

—Supongo que mi madre te habrá doblegado para que hagas esto.

—Tu madre no doblegaría ni a un cachorrillo.

Ella se dio media vuelta para mirarlo con un brillo en los ojos.

—Ya sabes lo que quiero decir.

Efectivamente, lo sabía. Él no le negaría nada a Mae Holcomb, y ella le había pedido ese favor. Le había dicho que era un favor enorme, pero que Jess estaba pasándolo mal y que necesitaba aclararse, que le pedía que la recibiera durante una semana, o quizá dos, y que, por favor, la cuidara. Él le había dado su palabra. Se ocuparía de Jess y de que tuviera tiempo para reponerse. Mae contaba con él y él haría cualquier cosa por la madre de Janie. Ella se lo merecía.

—Jess, quiero que sepas que puedes quedarte todo el tiempo que quieras.

—Gra-gracias —a ella empezó a temblarle la boca—. ¿Te has enterado de lo que pasó?

—Sí.

—No… No podía quedarme, tenía que marcharme de Texas y cuanto más lejos, mejor.

—Pues no podías ir más lejos al oeste. Estás a siete kilómetros al norte de Malibú por la autopista del Pacífico.

—Me siento como una tonta —comentó ella con los hombros hundidos.

Él le tomó la barbilla con una mano para obligarle a que lo mirara a los ojos y dejó que la muleta se quedara apoyada en la barandilla.

—No lo hagas.

—No seré una compañía muy buena… —susurró ella.

Él se tambaleó porque no podía seguir de pie sin un apoyo. La soltó y agarró la muleta justo a tiempo para equilibrarse.

—Ya somos dos.

Ella se rio en voz baja y fue la primera vez que algo le hacía gracia desde hacía muchos días. Él sonrió.

—Solo necesito una semana, Zane.

—Como ya te he dicho, quédate todo el tiempo que quieras.

—Gracias —ella parpadeó y le miró las lesiones—. ¿Te… Te molesta mucho?

—Mejor dicho, yo soy la molestia y Mariah está tragándose mi mal humor.

—Ahora podremos repartírnoslo entre las dos —comentó ella con un brillo fugaz en los ojos.

Él se había olvidado de lo que era estar con Jess. Era diez años más joven que él y siempre la había llamado su hermana pequeña. No la había visto mucho desde la muerte de Janie. Dominado por al remordimiento y la angustia, se había alejado voluntariamente de la vida de los Holcomb, ya les había hecho bastante daño.

—Levántame tu equipaje.

Se puso las muletas debajo de los brazos con la mano sana y arqueó los dedos.

—Te lo agradezco, Zane, pero puedo llevarlo. Pesa poco, solo he metido ropa de playa.

—Muy bien. ¿Por qué no te instalas y descansas un rato? Yo estoy ocupando esta planta. Tú tienes un ala para ti sola en la planta de arriba.

La siguió a través de las puertas correderas de roble que llevaban a la sala.

—Puedes mirar todo lo que quieras —siguió él—. También puedo decirle a Mariah que te enseñe la casa.

—No, no hace falta.

Ella miró alrededor, la amplitud del espacio, los techos abovedados, los interiores art decó con muebles contemporáneos… Él captó el desconcierto de ella. ¿Qué hacía Zane Williams, un artista country nacido y criado en Texas, viviendo en una playa de California? Cuando alquiló esa casa, con opción a compra, se dijo que quería un cambio. Estaba construyendo su segundo restaurante en la playa y le habían ofrecido algunos papeles en películas de Hollywood. No sabía si estaba hecho para actuar y las ofertas seguían sobre la mesa.

—Es una casa… preciosa, Zane —comentó ella por encima del hombros.

Él se acercó a ella.

—Solo es una casa, un sitio donde colgar el sombrero.

—Es un palacio junto al mar —replicó ella mirando su cabeza sin sombrero.

Él se rio. Por mucho que quisiera parecer humilde, la casa era una obra maestra.

—De acuerdo, tengo que darte la razón. Mariah encontró la casa y la alquiló. Es el primer verano que paso aquí. Al menos, la humedad es soportable, no llueve nunca y no hay amenazas de tormentas. Además, los vecinos son simpáticos.

—Un buen sitio para descansar.

—Supongo, si eso es lo que estoy haciendo.

—¿Acaso no lo es?

Él se encogió de hombros y le dio miedo haber abierto una lata de lombrices. ¿Por qué estaba contándole a ella sus pensamientos más íntimos? Ya no se trataban, no conocía casi a Jess como persona adulta y, aun así, habían tenido una conexión muy intensa.

—Claro que lo es. ¿Tienes hambre? Puedo decirle a mi empleada que te haga…

—No, no tengo hambre en este momento. Solo estoy un poco cansada por el viaje. Será mejor que suba antes de que me desplome. Gracias por mandar a la limusina para que me recogiera. Bueno, gracias por todo, Zane.

Jess se puso de puntillas y el roce de sus labios en la mejilla hizo que sintiera una opresión en el pecho. Su pelo olía a fresas en verano y ese olor se le quedó en la nariz mientras ella se retiraba.

–Bienvenida. Una sugerencia. El cuarto a la derecha de la escalera y el último del pasillo tienen las mejores vistas. Las puestas de sol son impresionantes.

–Lo tendré en cuenta.

Seguramente, su sonrisa fugaz quiso despistarlo. Podía fingir que no estaba pasándolo mal si quería, pero las ojeras y la palidez de la piel no mentían. Él lo entendía. Él había pasado por eso. Él sabía que el dolor podía asfixiar a una persona hasta dejarla sin aire. Él lo había vivido y seguía viviéndolo, y también sabía algunas cosas sobre el orgullo de la familia Holcomb.

¿Qué majadero dejaría a una mujer Holcomb plantada en el altar? Solo un necio muy grande.

Jessica aceptó el consejo de Zane y eligió el cuarto de invitados que había al fondo del pasillo. No por las puestas de sol, sino para no incordiarlo. La privacidad era un bien muy valioso. Sintió unas ganas incontenibles de dejarse caer en la cama y llorar como una Magdalena, pero consiguió dominarlas. Ya no sentía lástima de sí misma. No era la primera mujer a la que dejaban plantada en el altar. La había embaucado un hombre al que había amado y en el que había confiado.

Se dedicó a deshacer la única maleta y puso la ropa en una cómoda. Guardó los vaqueros, los pantalones cortos, los trajes de baño y la ropa interior en dos de los nueve cajones. Tomó los vaporosos vestidos con tirantes y se acercó al armario. Las puertas se abrieron suavemente con solo tirar un poco de ellas. El olor a madera se apoderó de ella mientras miraba ese espacio que era casi tan grande como la clase de primaria en el colegio de Beckon. Metió las delicadas perchas debajo de los tirantes de los vestidos y las colgó. Luego, puso las zapatillas deportivas, las chanclas y dos pares de botas en el suelo, debajo de la ropa. Su escaso vestuario casi ni se veía en el armario. Cerró la puerta, se apoyó en ella y miró la vista desde el dormitorio del segundo piso.

—Caray….

Las amplias ventanas permitían ver un mar infinito y un cielo satinado por el sol. Tragó saliva por la impresión, pero, de repente, una sensación estremecedora de pérdida se adueñó de ella.

Había perdido a su prometido y a su hermana con el hijo que esperaba.

—¿Te gustaría salir a la terraza?

Se dio la vuelta y le sorprendió ver a Mariah, la secretaria rubia y de unos cuarenta años de Zane, en la puerta. Llevaba trabajando para él desde antes de que se casara con Janie.

—Hola… Gracias, es posible que salga más tarde.

—Claro, tienes que estar cansada del viaje. ¿Puedo hacer algo por ti?

—No creo… Ya he deshecho el equipaje. Con una ducha y una cabezada estaré como nueva.

—Yo no estaré el resto del día. La señora López sí estará. Si necesitas algo, pídeselo.

—Gracias.

—Zane querrá cenar contigo. Cena justo antes de la puesta del sol —Mariah la miró con detenimiento y un gesto amable—. Te pareces un poco a Janie.

—No creo, Janie era muy guapa.

—Yo veo un parecido. Si me permites decirlo, tienes los mismos ojos conmovedores y un cutis tan bonito como el de ella.

Tenía la piel blanca como un fantasma y diez pecas en la nariz. Sí, las había contado. Aunque nunca había tenido acné ni una sola espinilla. Efectivamente, su cutis no estaba mal.

—Gracias. Yo… Yo no quiero causaros ningún problema ni a ti ni a Zane. Estoy aquí, sobre todo, porque habría sido dificilísimo convencer a mi madre de lo contrario y tampoco quería preocuparla si me escapaba a algún sitio solitario para encontrarme conmigo misma. Mi madre ya ha tenido bastante y no quiero que se agobie por mí.

—Lo entiendo. En realidad, podrías ser lo que Zane necesita para hacer frente a las cosas.

Le pareció raro y Jess entrecerró los ojos como si quisiera encontrarle sentido.

—Lleva un tiempo… descentrado —le explicó Mariah sin entrar en detalles.

—Me lo imagino. Perdió a su familia, todos la perdimos —añadió ella.

Jess echaba de menos a Janie una barbaridad. La vida podía llegar a ser despiadada.

—Sí —reconoció Mariah—, pero estar cerca de la familia podría veniros bien a los dos.

Ella lo dudaba. Sería un incordio para Zane. Se limitaría a respirar un poco de brisa marina y volvería para hacer frente a la realidad. La humillación y el dolor habían hecho que saliera corriendo de Texas, pero tendría que acabar volviendo.

–Es posible –le concedió a Mariah.

–Bueno, que pases una buena noche.

Cuando se quedó sola, Jessica fue al cuarto de baño. El cuarto de baño tenía televisión, un jacuzzi enorme y una ducha laberíntica con tres alcachofas con mandos digitales. Introdujo algunas órdenes y la ducha cobró vida. Sonrió, se desvistió, abrió la puerta de cristal transparente y entró. Un chorro humeante la alcanzó desde tres sitios. Se enjabonó. Se quedó entre el vapor y los chorros de agua mientras la tensión acumulada le abandonaba los huesos. Salió seguida por el vapor y se secó con una toalla blanca y esponjosa.

Se vistió con unos pantalones cortos beis y una camiseta color chocolate. Esperaba que la cena con Zane no fuese protocolaria porque no había llevado nada mínimamente elegante. Se recogió el pelo en una coleta.

La diferencia horaria le pesaría como una losa más tarde, pero, en ese momento, la playa barrida por el viento la reclamaba. Se puso las chanclas y bajó la escalera.

El olor a una salsa especiada la llevó a una magnífica cocina de piedra y se encontró con una mujer mayor, ancha de caderas, que llevaba un mandil y murmuraba consigo misma.

—Hola, ¿es la señorita Holcomb? –le preguntó la mujer dándose la vuelta.

—Sí, soy Jessica.

—Yo soy la señora López. ¿Te gustan las enchiladas?

—Sí, huele de maravilla.

La señora López bajó la puerta del horno.

—Estarán preparadas dentro de media hora. ¿Quieres beber algo o tomar un aperitivo?

—No, gracias. Esperaré a Zane. Me alegro de conocerla. Volveré dentro de…

—¡Maldito seas mil veces!

La exclamación de Zane retumbó por toda la casa y Jessica se quedó petrificada. La señora López sonrió y sacudió la cabeza.

—Le cuesta vestirse, pero no permite que nadie lo ayude. No es un paciente muy bueno.

La dos sonrieron.

—Había pensado dar un paseo por la playa. Volveré mucho antes de la cena. Hasta luego.

Bajó unos escalones hasta que la arena cálida se le metió en las chanclas.

Allá, en su tierra, no había lagos o ríos que pudieran compararse con esa brisa que le acariciaba el pelo, con el sabor salado de los labios o con los reflejos dorados del mar. Sus pasos dejaban unas huellas muy ligeras que iban borrando las olas. Aunque el sol estaba bajo en el horizonte, sentía su calidez en la piel mientras paseaba por la playa.

A su derecha, se veían las mansiones de la primera línea, y todas eran distintas unas de otras. Estaba tan absorta admirándolas que no vio a un corredor hasta que se paró justo delante de ella.

—Hola —la saludó con la respiración entrecortada.

Se quedó boquiabierta al mirarlo. Era Dylan McKay, uno de los actores más famosos y más guapos del mundo.

Él se agachó con las manos en las rodillas para recuperar el aliento.

—Dame un segundo.

¿Para qué? Quiso preguntarle ella, aunque se quedó clavada en la arena mientras esperaba e intentaba no fijarse en su torso desnudo. Entonces, se incorporó, le sonrió y ella estuvo a punto de desmayarse.

—Gracias.

—¿Por qué? —preguntó ella.

—Por estar aquí, por darme una excusa para dejar de correr.

Él se rio y sus dientes resplandecieron como el sol. Dylan McKay era la idea de hombre perfecto que tenían todas las mujeres con sangre en las venas. Menos ella, que sabía que eso no existía.

—Bueno… podría haber parado por su propia iniciativa, ¿no?

—No. Debería correr quince kilómetros al día. Estoy preparándome para un papel de marine.

Ella no iba a fingir que no sabía quién era ni que su bronceado cuerpo no estaba ya en plena forma.

—Entiendo. ¿Cuántos ha corrido?

—Doce —contestó él con culpabilidad.

—No está mal. No hay mucha gente que pueda correr doce kilómetros.

Él puso un gesto de alivio, como si agradeciera el estímulo de ella.

—Me llamo Dylan, por cierto —comentó él tendiéndole la mano.

—Yo soy Jessica —replicó ella estrechándosela.

—¿Somos vecinos? —preguntó Dylan con el ceño ligeramente fruncido—. Yo vivo allí —añadió señalando a una casa de tres niveles.

—Le verdad es que no. Voy a pasar unos días en casa de Zane Williams.

Ella captó lo que estaba pensando cuando arqueó las cejas con un brillo en los ojos.

—Él es… Es familia… —añadió ella.

—Conozco a Zane. Es un buen tipo.

—Él es… Mi hermana… Bueno, estaba casado con Janie.

Él tardó un instante en atar cabos.

—Siento mucho lo que pasó.

—Gracias.

—Bueno, creo que ya he recuperado el aliento. Solo me quedan cuatro kilómetros. Encantado de conocerte, Jessica. Dale recuerdos a Zane.

Se dio media vuelta y se alejó corriendo por la playa. Ella volvió hacia la casa eufórica y con una sonrisa en los labios. Era posible que, después de todo, haber ido allí no hubiese sido una idea tan mala.

Vio a Zane apoyado en la barandilla de la terraza y lo saludó con la mano. ¿Había estado observándola? Se sintió cohibida. Sus curvas no le permitían ponerse biquini y la blancura de su piel solo podía compararse con la corteza de un abedul.

Mientras subía la escalera, se fijó en la camisa de él, una camisa con un estampado hawaiano lleno de palmeras. Nunca había visto a Zane tan desenfadado y, sin embargo, parecía incómodo y desubicado en ese entorno.

—¿Te ha gustado el paseo? —le preguntó él quitándose las gafas de sol.

—Me gusta más que un paseo al cine Palace de Beckon.

Zane se rio con un brillo elocuente en los ojos.

—Hacía años que no pensaba en el Palace.

Él lo dijo con la voz ronca, como si hubiese vuelto a aquellos días en un abrir y cerrar de ojos. No había gran cosa que hacer en Beckon, Texas, y los sábados por la noche el aparcamiento del Palace era un hervidero de chicos y chicas del instituto que pasaban el rato y se besaban. Allí fue donde ella se dio el primer y torpe beso con Miles Bernardy. Era un bicho raro, pero ella no lo era menos. Allí también fue donde Janie y Zane se enamoraron.

—He conocido a uno de tus vecinos.

—A juzgar por el rubor de tu cara tiene que haber sido Dylan. Sale a correr a esta hora.

—No estoy ruborizada —replicó ella parpadeando.

—No te preocupes, les pasa a todas las mujeres.

—No soy una muj… Quiero decir, no se me cae la baba por una estrella de cine, faltaría más.

Él debería decir algo. Cuñado o no, era una superestrella de la música country, había ganado un Grammy, era moreno, medía algo menos de dos metros, tenía el mentón como cincelado en piedra y tampoco estaba nada mal. La prensa decía que era un viudo disponible que necesitaba amor. Hasta la fecha, habían sido considerados con él, algo raro para una superestrella. Tomó las muletas y levantó una para señalar hacia una mesa.

—Haces bien.

Había dos sitios puestos en una mesa enorme donde podrían caber cómodamente diez personas. Unas velas y un ramillete de flores adornaban los sitios que miraban hacia la puesta del sol.

—Es precioso, Zane. Espero que no te hayas tomado demasiadas molestias. No espero que actúes de anfitrión.

—No me he tomado ninguna molestia, Jess. La verdad es que como aquí casi todos los días. Me espanta sentirme encerrado en la casa. Dentro de una semana, podré abandonar este maldito enclaustramiento —replicó levantando la muñeca enyesada.

—Es una buena noticia. ¿Qué harás entonces?

—Me han dicho que tendré que hacer rehabilitación y seguiré resolviendo detalles sobre el restaurante —frunció el ceño y los ojos se le nublaron un poco—. No retomaré la gira hasta septiembre… si es posible.

Ella no indagaría sobre ese «es posible». Él apoyó una muleta en la mesa y consiguió sacar la silla de ella. Era todo un caballero. Luego, se dejó caer como pudo en su silla. Pobre Zane, esas lesiones lo sacaban por completo de su elemento.

La señora López apareció con unas fuentes.

–He hecho una jarra de margaritas para acompañar la enchilada y el arroz. ¿Prefieren té helado o un refresco?

–¿Jessica…?

–Una margarita me parece fantástico.

–Trae la jarra, por favor –le pidió Zane a la empleada.

Ella asintió con la cabeza y volvió al cabo de un minuto con la jarra y dos vasos.

–Gracias.

Zane se inclinó para tomar la jarra con la mano vendada. Su rostro se crispó cuando intentó sostenerla.

–Te ayudaré.

Jessica puso una mano debajo de la jarra y lo ayudó a verter el líquido en los vasos. Él alargó una mano y el roce de sus dedos sobre los de ella le produjo un hormigueo que le llegó hasta el corazón. Todavía estaban relacionados a través de Janie y ella agradecía su amistad en ese momento.

La comida era deliciosa y Jessica vació el plato en cuestión de minutos.

–Creo que no me había dado cuenta del hambre que tenía… y la sed –comentó ella mientras se servía otra margarita y daba un sorbo–. Mmm…

El sol se había puesto entre un despliegue de colores y media luna resplandecía en la noche. La playa estaba silenciosa y tranquila y solo se oía algún chasquido de vez en cuando. Zane dio un sorbo a su tercera margarita. Ella recordó que aguantaba bien el alcohol.

—¿Y cuáles son tus planes, Jess?

—Ir a la playa, ponerme morena y no cruzarme en tu camino. Debería ser fácil, este sitio es inmenso.

Él se rio y unas arrugas le rodearon los ojos.

—Puedes cruzarte en mi camino, pero, sobre todo, puedes hacer lo que quieras. Hay dos coches a tu disposición. Yo no puedo conducirlos.

—¿Cómo vas a los sitios?

—Normalmente, con Mariah. Me lleva cuando me necesitan en la obra del restaurante o en algún sitio. Si no, alquilo un coche.

—¿Cuántas de esas puedes aguantar? —le preguntó Zane señalando el vaso medio vacío de ella.

—Mmm… No lo sé. ¿Por qué?

—Porque si te caes de bruces, no podré levantarte para llevarte a tu cuarto.

Se le pasó por la cabeza la imagen de Zane llevándola en brazos a su cuarto. Se sentía segura con él y le caía bien de verdad. Además, no creía que tuviera remordimientos por la muerte de Janie. Él no tuvo la culpa, no podía haber sabido que el cableado de la casa estaba mal y que provocaría el incendio que acabó con su vida.

—Pues entonces, estamos empatados. Si te emborrachas, yo tampoco podré recogerte.

Ella dio otro sorbo. Estaba buenísima y le levantaba el ánimo. ¡Que empezara la cura!

—Me gusta su estilo, señorita Holcomb —comentó él con una sonrisa torcida.

—Y pensar que ya sería la señora Monahan. Gracias a Dios, no lo soy.

—Ese tipo en un majadero.

—Te agradezco que lo digas. Me tuvo engañada. Creía que sabía lo que me deparaba el futuro hasta el último minuto, hasta que me pusieron el velo. Me veía casada con un hombre con el que tenía un lazo en común. Era el director de un instituto y yo era profesora de enseñanza primaria. A los dos nos encantaba la educación, pero yo estaba ciega y no veía que Steven tenía pánico al compromiso. Había ido rompiendo relaciones una detrás de otra hasta que empezamos a salir. Le dediqué tres años de mi vida y llegué a creer que lo había superado, que yo era la definitiva, pero estaba engañándose a sí mismo y a mí de paso —se le había soltado la lengua con el tequila y era liberador—. Mi amiga Sally me contó que Steven había acudido a su exnovia para que lo consolara después de la boda frustrada. ¿Puedes creértelo?

—No —Zane la miró fijamente—. Debería estar de rodillas y suplicándote que lo perdonaras. Solo hizo bien una cosa: no sé casó contigo y te amargó la existencia. Me espanta decirlo, cariño, pero estás mucho mejor sin él. No te merecía, pero estás dolida y lo entiendo. Seguramente, seguirás queriéndolo.

–No –ella dio un buen sorbo–. Más bien, lo odio.

Zane se dejó caer sobre el respaldo, mirándola con delicadeza.

–De acuerdo, lo odias, ha salido de tu vida.

Ella apoyó los codos en la mesa y la barbilla en las manos. El mar estaba negro como el alquitrán y solo resplandecían algunas estrellas entre las nubes que tapaban la luna.

–Yo solo quería… Yo quería lo que Janie y tú teníais, quería un amor así.

¿Qué acababa de decir? Miró a Zane, quien conservaba la expresión de comprensión y que se limitaba a mirar fijamente el mar.

–Teníamos algo muy especial.

–Es verdad. Siento haberlo sacado a relucir.

–No pasa nada –la tranquilizó–. Eres la hermana de Janie, tienes tanto derecho como yo a hablar de ella.

–La echo de menos –reconoció Jess con lágrimas en los ojos.

–Yo también la echo de menos.

Ella suspiró. No quería estropear la noche. Zane había sido muy amable al permitirle que fuese allí y no quería abatirlo. Había llegado el momento de dar por terminada la noche.

–Bueno, ha estado muy bien… –comentó ella con una expresión alegre.

Se levantó, la cabeza le dio vueltas y la vista se le nubló. Se frotó los ojos para intentar enfocarlos. Dos Zanes aparecieron delante de ella. Se apoyó en la mesa para intentar mantenerse recta, aunque se inclinaba hacia delante y hacia atrás sin poder evitarlo.

–Zane…

–Te ha pegado, ¿verdad?

–Creo que sí –contestó ella entre risas.

–Estate quieta un segundo.

–Lo… intentaré –un tornado daba vueltas en su cabeza–. ¿Por qué?

Él se levantó y se puso una muleta debajo del brazo izquierdo.

–Voy a ayudarte.

–Pero dijiste que… que no podías…

Ella volvió a reírse y Zane le rodeó los hombros con el brazo derecho.

–Muy bien, ya te tengo, cariño. Tu cuerpo será mi otra muleta, nos ayudaremos el uno al otro. Muévete despacio.

–¿Adónde… vamos…?

–Tengo que llevarte a la cama.

Ella dejó caer la cabeza en su hombro. En el fondo, le gustaba que la abrazara. Olía bien. Él se ocuparía de ella.

–Concéntrate en poner un pie delante del otro.

Ella lo intentó.

–Muy bien, guapa.

Se movieron a trancas y barrancas. Le pareció que tardaban una eternidad en avanzar unos metros en la oscuridad. Miraba al suelo para verse los pies. Hasta que apareció una luz deslumbrante y cerró los ojos.

–¿Qué es eso?

—Ya estamos dentro de casa —contestó Zane.

—Eso está bien, ¿no? Pronto estaré… en la cama.

Jessica sintió una calidez que se adueñaba de ella por dentro.

—Vamos a mi cuarto. Nunca llegarías al piso de arriba.

Ella estaba deseando apoyar la cabeza en algún sitio, le daba igual dónde. Entraron en un cuarto.

—Muy bien, lo hemos conseguido —comentó Zane en un tono raro y con la respiración entrecortada—. Dormirás aquí esta noche.

La sentó en la cama. Ella se tambaleó y Zane la sujetó mientras se sentaba a su lado.

—¿Crees que puedes apañarte tú sola? —le preguntó él en un susurro.

Jess, que veía los ojos de Zane clavados en ella, esperó a que la cabeza dejara de darle vueltas.

—Sí, creo que sí. Lo siento.

—No tienes que sentir nada —replicó él.

Sin embargo, lo sentía y, a pesar de la neblina en la cabeza, tenía la necesidad de darle las gracias. Arrugó los labios y se inclinó hacia su mejilla. Apuntó mal y lo besó en la comisura de los labios. Sabía muy bien, a tequila y mar. Esa calidez se le extendió por todo el cuerpo.

—Gracias —susurró ella.

Él la rodeó con los brazos y la tumbó con delicadeza. Una almohada grande y mullida acogió su cabeza y una sábana de seda le cubrió el cuerpo.

—De nada —susurró él.

Por fin, el mundo dejó de darle vueltas.

Capítulo Dos

Jessica miró el reloj digital que había en la mesilla. ¡Las ocho y media! Recordó la noche anterior y las dos margaritas que se había bebido. Miró alrededor y vio que estaba en una cama desconocida.

Por fin se había dejado llevar, se había dado permiso a sí misma para pasárselo bien y ¿qué había conseguido? Había hecho el ridículo, Zane había tenido que meterla en la casa.

–Dios mío… –farfulló en voz alta.

Miró alrededor. Si no hubiese un estante con cinco Grammy y un par de premios de la Academia de Música Country, no habría adivinado que era el dormitorio principal.

Se incorporó y esperó algún tipo de dolor, pero no sintió nada. Afortunadamente, no tenía resaca. Tomó las gafas de la mesilla, se destapó y se levantó. Seguía llevando los pantalones cortos y la camiseta y se puso las chanclas. Fue al cuarto de baño y se miró al espejo. Tenía el maquillaje corrido y el pelo enmarañado. Se lavó la cara y se peinó un poco con los dedos. Ya se ocuparía de todo lo demás cuando llegara a su cuarto.

Salió del dormitorio de Zane, recorrió un pasillo corto y oyó unas voces que llegaban de la cocina. La señora López la vio y le hizo una seña para que entrara.

—Justo a tiempo para el desayuno.

Mariah y Zane estaban sentados a la mesa de la cocina con unas tazas de café humeante delante de ellos. Los dos levantaron la cabeza cuando oyeron a la empleada y ella se puso roja como un tomate.

—Buenos días —le saludó Zane mirándola a los ojos—. ¿Te apetece desayunar?

—Buenos días, Jessica —saludó Mariah.

—Bue-buenos días. No quiero molestar, parecéis ocupados.

—Estamos repasando los planes para el nuevo restaurante de Zane. Puedes aportar algo.

Ya había aportado algo la noche anterior. ¡Le había besado! Sintió una oleada ardiente al acordarse del beso.

—Sí, siéntate, Jess —añadió él en tono despreocupado—. Tienes que comer algo y nosotros necesitamos un punto de vista distinto.

En la mesa había una fuente con rosquillas y queso fresco, un plato con huevos revueltos con jalapeños y cereales. Los huevos olían de maravilla y le rugieron las tripas. Como no tuvo más remedio, se sentó y se acercó los huevos mientras la señora López le daba un cuenco y una taza de café.

La empleada asintió con la cabeza y Jessica le sonrió.

—Janie y Jessica trabajaron en el café de Beckon —le explicó Zane a Mariah—. Servían el mejor pollo frito de todo Texas.

—Eso era lo que decían casi todos los clientes —reconoció ella—. Mis padres abrieron Holcomb House cuando yo era pequeña. Trabajaron mucho para sacarlo adelante. Seguramente, no era tan elegante como lo que tenéis pensado, pero, en Beckon, Holcomb House era conocido por la buena comida y el buen ambiente. Hace cinco años, cuando mi padre murió, mi madre no pudo llevarlo sola y vendió el restaurante. No soy ninguna experta, pero si puedo ayudar, lo intentaré.

—¡Fantástico! —exclamó Mariah.

—Te lo agradezco —añadió Zane—. Este restaurante va a ser un poco distinto al de Reno, tanto en la comida como en el ambiente. La playa atrae a muchos turistas y queremos que sea una experiencia especial.

Cuando se llevaron los platos, Mariah le acercó unos papeles.

—¿Te importaría decirnos qué te parece el menú? ¿Están bien los precios? ¿Los nombres de los platos tienen sentido? Estamos trabajando con varios chefs y queremos dar en el clavo. Esto es una presentación de cómo quedará cuando Zane's on the Beach esté terminado; el exterior y el interior.

Jessica trabajó con ellos durante una hora, les dio su opinión, les expresó sus preocupaciones cuando indagaron y también los elogió con sinceridad. Zane's on the Beach tenía todo lo que podía ofrecer un restaurante. No era de altos vuelos, pero tampoco era un restaurante de comidas familiares.

—Me gusta que sea asequible para el público joven. Los precios están bien. ¿Habéis pensado en poner un pequeño escenario en el bar e invitar a artistas locales?

–Lo hemos comentado –Mariah miró fijamente a Zane–. Yo creo que es una idea muy buena, pero Zane no está seguro.

Zane se rascó la barbilla con un gesto pensativo.

–Tengo que tener claro lo que quiero del restaurante. Mi nombre y mi reputación están en juego. ¿Quiero vistas al mar y una comida sensacional o un sitio de moda para los jóvenes?

–¿Por qué no puedes conseguir las dos cosas? –preguntó Jessica–. Los comensales irán por la comida y el ambiente. Después, una vez cerrado el restaurante, puede convertirse en un sitio de moda para los *millennials*.

–¿*Millennials*? –preguntó Zane con un brillo burlón en los ojos–. ¿Tú eres una?

–Eso creo.

Él ladeó la cabeza e hizo una mueca con la boca.

–¿Por qué será que me siento viejo de repente?

–Porque lo eres –intervino Mariah–. Estás llegando a los cuarenta.

–Tienes razón –reconoció Zane dejándose caer en el respaldo.

Mariah recogió los papeles de la mesa, se levantó y los estrechó contra el pecho.

–Bueno, me voy a hacer algunas llamadas. Zane, piensa cuándo quieres reanudar la gira. Están atosigándome. Ah, y no te olvides de leer el contrato que mandó Bernie el otro día.

—Haré lo que pueda —contestó Zane con los labios fruncidos.

—Jessica, que pases una buena mañana, y si hoy vas a estar cerca de Zane, échale una mano, por favor. Puede parecer Superman, pero no lo es.

Podría haberla engañado. La noche anterior había sido… superheroico.

Mariah se dio media vuelta y salió por la puerta. Zane se rio.

—¿Qué pasa? —preguntó ella.

—Tu expresión.

—Estoy espantada por lo que pasó anoche. ¿Puede saberse dónde dormiste y sabe Mariah lo que pasó?

—No te preocupes, es nuestro secreto. Mariah no sabe que el margarita se te sube a la cabeza —sonrió—. Por primera vez desde hacía tiempo, pude ayudar e hice algo útil con este cuerpo maltrecho.

—No sabes cuánto lo siento. Solo he pasado una noche aquí y ya te he causado problemas.

Él volvió a sonreír. Era una sonrisa impresionante que le derretía al corazón.

—Si animarme un poco la vida es un problema, bienvenido sea. Me alegro de que estés aquí. Traes un poco de Beckon contigo, y lo echo de menos.

Él le tomó la cara entre las manos y se inclinó hacia delante. Se le paró el corazón. ¿Iba a besarla? Su contacto le producía un cosquilleo que le subía y bajaba por el pecho. Esa vez no era el alcohol. Probablemente, anoche tampoco había sido el alcohol. ¿Qué embrollo era ese?

Lo miró a los ojos. Él estaba mirando a un punto por encima de las gafas de sol de ella. Entonces, bajó la boca y ella se quedó inmóvil, pero le dio un beso fraternal en la frente. Soltó el aire y su necio corazón se vino abajo.

—Gracias por tus ideas sobre el restaurante. Agradezco tu sinceridad y todo lo que puedes ofrecer.

Ella tragó saliva para sofocar sus ridículas emociones y esbozó una sonrisa apresurada.

—Cuando quieras…

Los rayos del sol le bañaban el cuerpo y el calor le calaba hasta los huesos. La brisa marina, la arena debajo del cuerpo y el sosiego de las olas al romper en la orilla eran un buen motivo para olvidar su relación desastrosa con Steven Monahan. Él ya no se merecía que le dedicara su tiempo, pero todavía le dolía su rechazo, sentía un vacío por dentro y la daba miedo confiar en los demás, no se fiaba de su intuición.

Recubierta de crema protectora, estaba tumbada sobre una toalla de playa con un recatado traje de baño de una pieza. Sus nervios estaban completamente en calma por primera vez desde hacía mucho tiempo. Se prometió a sí misma que no se cruzaría en el camino de Zane, como había hecho los tres días anteriores. Él pasaba horas trabajando en el despacho con Mariah y, esporádicamente, le preguntaban algo sobre el restaurante. Se imaginaba que, para él, era una manera de hacer que se sintiera integrada. Todas las mañanas, bajo un cielo nublado que siempre se despejaba antes de mediodía, caminaba unos cinco kilómetros por la playa para desentumecer los músculos y aclararse la cabeza. Al atardecer, cenaba con Zane en la terraza que daba a la playa y solo bebía una copa de vino blanco o una cerveza fría de vez en cuando.

Acomodó mejor el trasero en la arena y cerró los ojos. Sonrió al oír el aleteo y los chillidos de las gaviotas.

–Me alegro de ver que vienes a Moonlight Beach.

Jess abrió los ojos y se los protegió con una mano. La impresionante cara de Dylan McKay apareció ante ella.

–Hola, Jessica –él la miró con su sonrisa de un millón de dólares–. No quiero molestarte.

¡Se acordaba de su nombre!

Se agachó al lado de ella hasta que sus rodillas bronceadas quedaron a la altura de su cara. Evidentemente, quería charlar.

–Te veo algunas veces por la mañana cuando das un paseo por la playa.

–Tú me diste la idea. ¿Qué tal tus carreras?

–Van a matarme, pero me mantengo en los quince kilómetros.

Tenía las piernas fibrosas, y sería casi imposible no fijarse en los músculos de los hombros y la parte superior de los brazos, que casi rompían la camiseta por las costuras.

–Haces bien.

—Aparte de tomar el sol y dar largos paseos, ¿te lo pasas bien? —le preguntó él.

—Sí, estoy muy contenta. Estoy preparando un programa nuevo para mis clases. Soy profesora de enseñanza primaria.

—Vaya, una profesora. Es una profesión muy respetable.

Ella frunció un poco el ceño. ¿Estaba tomándole el pelo o estaba siendo sincero?

—Mi madre dio clases en un colegio durante treinta años —siguió él con una sonrisa melancólica y el orgullo reflejado en la voz—. Sus alumnos la adoraban, pero era dura de roer. No era fácil engañarla. Era muy lista y sabía cuándo un niño estaba tramando una trastada.

—Seguro que tú la pusiste a prueba.

Él se rio y el brillo de sus ojos azules la conmovió.

—Sí, más de una vez.

—¿En qué curso daba clase?

—En todos, pero prefería cuarto y quinto. Luego, fue directora de un colegio de enseñanza media y acabó siendo la directora de un instituto.

Él no paraba de sonreírle.

—Oye, voy a dar una fiesta el sábado por la noche. Me encantaría que vinieras si sigues aquí. A lo mejor consigues que salga Zane y se divierta un poco…

—De acuerdo, gracias —¿acaso necesitaba en ese momento ser la patita fea en una fiesta por todo lo alto?—. Es que… no soy muy fiestera… y menos ahora.

—¿Ahora…?

—Estoy pasando por un momento delicado y necesito sosiego.

—¿Una… ruptura?

Ella asintió con la cabeza.

—Una ruptura mientras los invitados a la boda estaban sentándose en los bancos de la iglesia.

—Lo entiendo. Yo también pasé por eso hace mucho, cuando era demasiado joven. Fue para bien y te aseguro que lo entiendo. Te prometo que la fiesta será muy tranquila. Solo son unos amigos y vecinos que vienen para hacer una barbacoa en la playa. Me encantaría que vinieras.

—Gracias.

Él sonrió y ella también sonrió. Entonces, él le señaló la parte superior derecha del muslo.

—Me parece que estás empezando a quemarte.

Agarró la crema protectora y le untó la palma de la mano con sus dedos largos y finos.

—Deja de corromper a mi hermana pequeña, McKay.

Jessica giró la cabeza y vio a Zane apoyado en la barandilla de la terraza. Su tono no había sido amenazante, ni mucho menos, pero la mirada fría que le dirigía a Dylan hizo que ella se preguntara qué estaba pasando.

—A lo mejor quiere que la corrompa —replicó Dylan guiñándole un ojo a ella.

—Y a lo mejor tú deberías volverte a tu casa. Yo tengo que leer ese guion, ya sabes…

—Vaya —Dylan esbozó una sonrisa cautivadora—.

En eso tiene razón. A lo mejor podrías ayudarme a convencerlo para que acepte ese papel. ¿Quieres intentarlo? Ya que estás a punto de cocerte como una gamba aquí…

¿Cómo no iba a aceptar la oferta de Dylan para que leyera un guion? La idea le parecía apasionante. Se miró las piernas y comprobó que Dylan tenía razón, que tenía varias manchas rojas por cuerpo. Había llegado el momento de dejar el sol.

—Claro, ¿por qué no?

—Fantástico —Dylan giró la cabeza hacia Zane—. Vamos a subir ahora mismo.

Él, galantemente, le ofreció una mano. Ella la tomó mientras agarraba el albornoz con la otra mano y se levantaban juntos. Se soltó con delicadeza y se puso el albornoz blanco. Era fascinador, pero, afortunadamente, su contacto no le había provocado una descarga de ningún tipo. Miró a Zane, quien seguía apoyado en la barandilla con los ojos clavados en ella. Algo ardiente y que no podía dominar le atenazó las entrañas. No le hizo caso y empezó a subir los escalones con Dylan McKay detrás.

—¿Te ha pedido que salgas con él? —le preguntó Zane en cuanto Dylan salió de la casa.

—¿Qué…?

—No podía dejar de mirarte cuando estabais en la playa.

Ella se encogió de hombros.

Cuando llegaron a la casa, dejó a los dos hombres para darse una ducha y ponerse un vestido. Luego, escuchó con atención la propuesta que le hizo Dylan a Zane en su amplio despacho. La reunión duró casi una hora y después bebieron algo en la sombreada terraza. Ella tomó té helado y ellos bebieron whisky con soda.

Dylan era un cautivador de mujeres elevado a la enésima potencia y ella sabía muy bien que tenía que mantenerse alejada. Era ridículo pensar que le había interesado una profesora de Beckon, Texas. No se hacía ilusiones de que fuese a pasar algo entre ellos y Zane debería saberlo pero antes le fastidiaría un poco.

—Me ha invitado a una fiesta en la playa el sábado por la noche —le comunicó ella con la barbilla muy alta—. Solo ha sido una invitación amistosa.

—Lo dudo —replicó Zane apretando los dientes.

—Le dije que lo más probable era que no fuese.

—Perfecto —Zane hizo un gesto de satisfacción con la cabeza—. Es mejor que no te mezcles con Dylan. Él es…

—¿Demasiado para mí?

—¡No! —exclamó él con los ojos como platos.

—Pues sí, lo es y lo sé muy bien. Ya tengo bastantes líos en mi vida en este momento. El amor no tiene cabida, aunque sería absurdo pensar que Dylan McKay pudiera estar interesado por mí.

Zane la agarró del brazo y ella, sorprendida, dio un respingo.

—Jess, no te minusvalores.

Sentía como una descarga eléctrica donde la agarraba. Los ojos oscuros de Zane se ablandaron y le dirigió una mirada que le derritió los huesos.

–Iba a decir que él no te valoraría. Eres especial, Jess, y siempre lo has sido.

Porque era la hermana de Janie. Zane veneraba el recuerdo de su hermana, seguía siendo fiel al amor de Janie incluso en ese momento, años después. Ella entendía que estaba allí solo porque Zane era tan bueno que no podía negarle un favor a la madre de Janie.

–Gracias.

Él la soltó y fue a la barandilla otra vez. Ella se llevó unos vasos a la cocina. Tenía que hacer algo para apaciguar el corazón desbocado. Estaba saliendo de la cocina cuando se golpeó contra el marco de la puerta y sintió un dolor en el hombro.

–Perdón… –susurró Jess cuando vio a Mariah.

Mariah estaba igual de sorprendida por el choque.

–No te había visto.

–Ha sido culpa mía. Debería aprender a ir más despacio.

–A mí me pasa lo mismo –Mariah se rio–. Tengo que llegar enseguida allá adonde vaya, da igual que sea a beber un café o a leer el periódico –Mariah, impecablemente vestida como siempre, se frotó el hombro por encima de la blusa de seda–. ¿Adónde ibas con tanta prisa?

–A ningún sitio. Afuera. He dejado allí a Zane y quería volver para hablar con él.

–Que tengas suerte. Acabo de dejarlo y está hecho una fiera.

–¿De verdad? ¿Por qué?

No podía ser por lo de Dylan McKay…

–No sé muy bien qué lo desquicia, aparte de que no soporta estar encerrado. Se siente como un animal enjaulado. Aunque tampoco hace un esfuerzo por ir a ningún lado, que no sea a trabajar.

–Entiendo que se sienta desasosegado por eso.

–Es la expresión perfecta –Mariah sonrió–. Está desasosegado, pero me temo que ya lo estaba mucho antes de la caída. Creo que le sentará bien cambiar de ritmo. Le he ayudado a que tomara la decisión de abrir un segundo restaurante y ahora está planteándose algún papel en una película. Podría ser lo que necesita.

O quizá estuviese huyendo del pasado como hacía ella. A él le encantaba componer canciones. Estaba hecho para el espectáculo, su sexy voz de barítono hacía que sus fans se derritieran. Ese era el único Zane que ella había conocido.

–Tengo entendido que Dylan te ha invitado a oír su oferta. ¿Qué te parece la película?

–Bueno… Si soy sincera, creo que la idea de que Dylan y Zane sean unos hermanos que se reencuentran después de la muerte de su padre podría dar resultado. Si Zane sabe actuar, daría muy bien en ese papel. El único inconveniente que le veo es el triángulo amoroso. Me fijé en la reacción de Zane cuando Dylan le describió las escenas de amor que tendría que hacer. No sé si está dispuesto.

—Yo pienso exactamente lo mismo. Zane sabe actuar. Lleva haciéndolo desde hace dos años. Su personaje público es muy distinto al Zane de verdad —entonces, Mariah bajó la mirada y sacudió la cabeza—. Perdóname. Me olvido de quién eres.

—¿Es por Janie? —preguntó Jessica con el ceño fruncido—. Todavía le duele.

—Eso me temo.

Mariah la miró con un brillo de cariño sincero en los ojos.

—Por favor, olvídate de lo que te he dicho.

La idea de que Zane, dos años después, siguiera tomando decisiones basándose en el amor que sentía por Janie le llegó a lo más profundo del corazón. Era precioso en cierto sentido, pero también increíblemente triste.

La lealtad de Zane con su familia era enternecedora.

—¿Qué vas a hacer hoy? —le preguntó a Mariah.

—Hoy seguiré con el restaurante. Tenemos un decorador que está ocupándose del interior, pero Zane no está seguro sobre cómo debería ser.

Sonó el móvil de Mariah y se excusó. Ella fue a la terraza por la puerta corredera. Zane estaba tumbado en una tumbona. Estaba protegido del sol y leía el guion que le había llevado Dylan. Parecía absorto, pero, de repente, cerró la carpeta y se quedó mirando melancólicamente al mar. Ella siguió la dirección de su mirada, pero se perdió en la inmensidad del océano. Los nervios ya no le palpitaban contra la piel. Había estado mucho más tranquila esos últimos días. ¿Sólo necesitaba tiempo y distancia para olvidarse de Steven Monahan? Notó que le brotaba una risa del pecho.

—¡Mierda! ¡Malditos trastos!

Vio, por el rabillo del ojo, que se le habían caído las muletas. También oyó el golpe contra el suelo de madera. Zane se levantó y se inclinó para recogerlas sin apoyar el peso sobre el pie lesionado. Ella salió disparada.

—Espera, Zane.

Él se tambaleó y se cayó sobre la mano maltrecha.

Cuando llegó, él ya estaba sentado en el suelo, maldiciendo como un demonio y agitando la muñeca. Ella se arrodilló a su lado.

—¿Te has hecho daño? —le preguntó ella con delicadeza.

—Me duele el orgullo —contesto él ladeando la cabeza.

—Nos ocuparemos de eso más tarde —Jessica sonrió—. ¿Qué tal la mano?

—He conseguido parar la caída con la punta de los dedos. La muñeca debería estar bien.

—Te ayudaré a que te levantes. ¿Estás preparado? A la de tres —ella le paso un brazo por la cintura—. Uno, dos y tres.

El peso la atrajo hacia él y acabó con la cara contra su pecho. Olía a jabón y a loción para después del afeitado. El corazón de él le retumbó en el oído mientras intentaba ayudarlo a que se levantara.

Zane lo hizo casi todo y su fuerza fue una bendición. Consiguieron mantenerse estables y él la utilizó como muleta para no apoyar el pie en el suelo. Otra vez, como la noche anterior, estaba entre sus brazos y una calidez absurda se adueñaba de ella. No podía explicarla, solo podía decir que se sentía segura con él.

—Ya está —comento ella satisfecha por haberlo incorporado—. Ya estamos equilibrados.

—¿De verdad? —le preguntó él con el brazo por sus hombros y un brillo en los ojos.

—Sí, de verdad. Me alegro de haber estado aquí para ayudarte.

Dirigió la mirada hacia la terraza donde había pasado casi todo el día y ella captó su impotencia.

—¿Quieres salir de aquí? —le preguntó él.

—Claro. ¿Adónde te gustaría ir?

—Adonde quieras. Me da igual. ¿Sabes conducir mi coche?

—Sí. Voy a recoger tus muletas, ¿de acuerdo?

No esperó la respuesta. Lo soltó y él se quedó balanceándose dos segundos, el tiempo que tardó ella en recoger las muletas y dárselas. Se las puso debajo de los brazos y señaló la puerta con una de ellas.

—Después de ti.

Capítulo Tres

Zane, para sorpresa de ella, eligió el descapotable plateado y no el todoterreno negro. Jessica lo ayudó a montarse, tomó las muletas y las dejó en el estrecho asiento trasero.

En cuanto se sentó detrás del volante, entendió por qué Zane no salía mucho. Tenía que tener muchísimo cuidado para sentarse en el asiento del acompañante por culpa del pie, también se camufló un poco: una gorra de los Dodgers, en vez de su típico sombrero de ala ancha, y gafas de sol.

—¿Cuánto vale este coche si lo destrozo?

—No te preocupes —él sonrió—. Está asegurado.

—Allá vamos.

Hasta entonces, solo había conducido un aburrido coche familiar de cuatro puertas. Una emoción le subió por las piernas al sentir toda esa potencia dominada por ella.

Condujo a lo largo de la costa con los ojos clavados en la carretera y sin pasar de los sesenta kilómetros por hora.

Zane tenía la espalda apoyada entre la puerta y el respaldo del asiento y ella notaba que la miraba. No se atrevió a mirarlo y se mantuvo concentrada en la carretera.

41

–¿Qué? –preguntó ella al cabo de un rato–. ¿Tu abuela conduce más deprisa que yo?

–No he dicho ni una palabra –su acento tejano le llegó a ella hasta los huesos–, pero ya que lo dices, creo que mi abuela iba más deprisa que tú con su caballo y con su silla de ruedas.

–Ja, ja, ja. Muy gracioso. Es posible que condujera más deprisa si supiera a dónde vamos.

–He aprendido que, algunas veces, es mejor no saber a dónde vas –él suspiró–. Algunas veces, planificar no sirve para gran cosa, es preferible que algunos caminos no salgan en los mapas.

Ella lo miró después de esa declaración tan críptica y lo vio con la cabeza apoyada en la ventana. Las gafas de sol le ocultaban los ojos y su verdadera expresión. El ambiente se hizo más denso y como no supo qué contestarle.

Zane se movió en el asiento después de cinco minutos de silencio.

–¿Quieres ver la obra del restaurante? La estructura está levantada.

La dirigió por una carretera secundaria que descendía hacia una cala. Entonces, la playa se abrió con una calle que daba al mar. Unas tiendas singulares y algunos pequeños restaurantes salpicaban la costa hasta que llegaron a la estructura de un edificio.

–Puedes aparcar allí.

–Es un sitio fantástico.

–En un día despejado, hay una visibilidad de varios kilómetros a la redonda.

La playa era ancha y el restaurante estaba lo bastante apartado como para evitar la marea alta. A la izquierda había un embarcadero de piedra con unos pelícanos que estaban eligiendo su próximo almuerzo. Por encima de ellos, en lo alto del acantilado, unas casas de millones de dólares oteaban el horizonte.

Jess apagó el motor, se bajó del coche y agarró las muletas antes de rodear al coche.

Fueron por la arena hasta que llegaron al lado del restaurante que daba a la playa.

—De modo que eso es Zane's on the Beach. Te has convertido en un empresario.

–No puedo cantar toda mi vida.

–No sé por qué, pero me da la sensación de que no tienes muchas ganas de volver a hacer lo que te encanta hacer.

Zane no reaccionó y se quedó mirando fijamente al mar, pensando. Quizá se hubiese metido en un terreno demasiado personal para él.

–Lo siento, no es asunto mío.

–No te disculpes, Jess –replicó él con cierta irritación–. Puedes comentar lo que quieras.

Muy bien, le tomaría la palabra.

–Entonces, ¿por qué estás buscando otra cosa cuando has llegado a ser una estrella con admiradores por todo el mundo que están deseando que vuelvas?

–No lo sé –él cerró los ojos un instante–. Es posible que esté cansado de ser lo que soy.

Era la respuesta más sincera que podía haberle

dado. Todavía estaba desgarrado y no sabía cómo sobrellevarlo.

—Lo entiendo. Después de mi desastrosa ruptura con Steven, me sentí agarrotada. No sabía en quién confiar ni lo que creer. No podía tomar una decisión para encauzar mi vida. Por eso, cuando tuve que marcharme de Dodge, dejé que mi madre tomara las riendas y organizara las cosas. No te ofendas, pero ni se me había pasado por la cabeza visitarte.

—¿Debería ofenderme? —preguntó él entre risas.

—Bueno, te alejaste de toda la familia después de que Janie…

Él hizo una mueca por su sinceridad.

—No fue por el motivo que crees.

—Sé por qué lo hiciste, Zane.

—Estaba pasándolo muy mal —reconoció él bajando la cabeza.

—Lo sé.

El remordimiento lo había dominado. Janie estaba embarazada de cinco meses cuando perdió la vida. Él estaba de gira en Londres y Janie quería haber viajado con él como fuera. Él se había negado rotundamente porque no quería que se alejara de sus médicos y se metiera en un torbellino que la dejaría sin fuerzas. Habían discutido hasta que Zane se había salido con la suya. Había amado a Janie con toda su alma y había intentado protegerla para que estuviera a salvo. Era una ironía trágica que hubiese muerto en su casa la noche que él había actuado para el príncipe Carlos y la familia real. El dolor se reflejó en su rostro. Probablemente, sentiría el remordimiento hasta el día de su muerte. Sin embargo, no había culpables, nadie podría haber sabido que Janie habría estado más segura en Londres que descansando en su amplio y cómodo rancho mientras Zane estaba fuera. Su madre lo había reconocido y Jessica lo había reconocido, pero él seguía dándole vueltas.

Le tomó la mano derecha y se la apretó con los dedos entrelazados mientras miraban el mar.

–Me alegro de que hayas venido, Jess.

Se le mezclaron la tranquilidad y el dolor, y estaba segura de que Zane también estaba sintiendo esa combinación agridulce y extraña. Los dos habían sufrido una pérdida muy grande y estaban conectados en un sentido muy profundo.

El viento de la tarde le revolvió el pelo y Zane le tocó la cara para pasarle los mechones por detrás de le oreja.

–Está bien que alguien te entienda –susurró él.

Ella asintió con la cabeza.

–Puedes confiar en mí –añadió Zane.

–Y confío en ti.

Curiosamente, confiaba en Zane. No era una amenaza para ella, al menos, no lo era como podía serlo cualquier otro hombre sobre la faz de la tierra. Nunca pasaría por alto lo evidente como lo había hecho con Steven. Nunca dejaría que volvieran a engañarla y a creer que una relación saldría bien cuando había indicios en contra desde el principio.

–Está bien… –murmuró ella.

–Mmm…

Zane le soltó la mano y se quedaron en un silencio muy agradable mientras miraban las olas que iban llegando a la playa.

—¿Quieres ver el interior del restaurante? —le preguntó él al cabo de un rato.

—¡Desde luego!

—Sígueme si puedes —él se rio.

Zane cruzó los brazos y se dejó caer sobre el respaldo del asiento en Amigos del Sol mientras miraba a Jess, que leía el menú. Era una casa pequeña de estilo colonial y famosa porque hacían un guacamole delicioso.

—Todo está muy bueno, pero los tamales parecen de otro mundo.

Jessica tenía la cabeza agachada y las gafas se le caían a la punta de la nariz y volvía a subírselas con el dedo índice. Él sonrió porque esa costumbre le parecía adorable.

—Muy bien, pues tamales. Lo que más me impresiona es que te hayas colado por detrás y nos hayas conseguido esta mesa en este rincón.

—No deberías desvelar mis secretos, pero mientras tú tomabas curvas y aprendías a dominar el motor de mi coche, yo le mandé un mensaje a Mariah para que llamara al propietario y le dijera que necesitábamos una mesa tranquila y que agradecería entrar por la puerta de atrás.

—Ah… Mariah, tu arma secreta.

—Ella consigue las cosas.

—Ya me he dado cuenta. Se anticipa a todos tus deseos y te cuida.

—Ella es como mi segundo brazo derecho —él levantó su muñeca rota—, y eso es muy importante en mi estado.

Un camarero uniformado llegó con un carrito y dejó un guacamole en la mesa con tortillas calientes. Tomó nota del pedido y se alejó. Zane tomó un trozo de tortilla, lo untó con la mezcla y se lo ofreció a Jess.

—Pruébalo y dime si no es una maravilla.

Ella se inclinó para que él se lo metiera en la boca y sonrió con los ojos cerrados mientras lo masticaba.

—Está buenísimo —reconoció con un suspiro.

Él se olvidó de todo al ver la expresión de su rostro. Ella volvió a abrir los ojos en cuanto dejó de masticar.

—¿Todavía no lo has probado?

—No… mirarte era muy divertido.

—Últimamente te divierto mucho…

Era verdad. Le animaba que Jess estuviese allí, y eso no tenía nada de malo, ¿verdad?

—Vaya… No te des la vuelta, Zane.

En ese instante, dos chicas de veintitantos años se acercaron a la mesa.

—Perdón… —dijo una de ellas—. Es que somos unas grandes admiradoras suyas. ¿Le importaría firmarnos unas servilletas?

Él miró a Jessica y ella asintió con la cabeza.

—Claro.

Ellas le dieron sus nombres, él firmó las servilletas y se las devolvió.

–Gracias. Es nuestro cantante de country favorito. Todavía no puedo creerme haberlo conocido. Su última balada es increíble. Tiene la mejor voz. Lo vi en un concierto hace cinco años, cuando vivía en Abilene.

Zane no dejó de sonreír aunque las chicas no se daban cuenta de que estaban interrumpiendo su comida con Jess.

–Me alegro de oírlo…

Ellas lo miraron y se acercaron un poco más. Entonces, Jessica se levantó y apoyó las manos en la mesa con una sonrisa.

–Hola. Soy Jessica, la cuñada de Zane. Estamos teniendo una conversación familiar y tenemos poco tiempo. Si no, estoy segura de que a Zane le encantaría charlar con vosotras. Si me dais vuestro nombre y dirección, me ocuparé de que os manden un CD firmado de su último disco. Por favor, sed discretas cuando os marchéis –susurró Jess–. A Zane le encanta hablar con sus admiradoras, pero necesitamos un poco de privacidad durante la cena de esta noche.

–Claro, claro –concedió una en tono comprensivo.

La otra escribió sus direcciones en una servilleta que la había dado Jess y la dos se alejaron entre risitas discretas.

–Estoy impresionado –reconoció Zane mirándola fijamente.

—He estado escuchando cómo trata Mariah con tu club de fans. Eran muy insistentes.

—En realidad, estas dos eran discretas en comparación con algunas de las personas que me abordan.

—Será en comparación con las mujeres que te abordan. No tienes que ser modesto por mí. Ya sé que estás muy cotizado.

—¿Cotizado? —él se rio—. ¿Adónde quieres llegar?

—Estás soltero, te va muy bien y eres guapo. Seguramente, esas dos mujeres dirían que estás muy bueno y eres arrebatador.

—Eso te lo has inventado —replicó él con una sonrisa más amplia.

—Es posible que sí —ella se comió otro trozo de tortilla con guacamole— y es posible que no.

—Me sorprendes todo el rato y me encanta eso de ti.

—Y a mí me encanta que te portes bien con las personas que te admiran.

Sus miradas se encontraron y algo muy cálido le atenazó la garganta. Para él, los halagos de Jessica significaban mucho más que todas las admiradoras del mundo. Él también la admiraba.

—Caray, vas a conseguir que me ruborice.

Ella dejó escapar un resoplido muy poco femenino. Él sonrió y volvió a dejarse caer sobre el respaldo justo cuando sonó su móvil.

—Es Mariah —le comentó a Jessica—. Qué raro… Normalmente, me escribe un mensaje si quiere algo a estas horas. Perdóname un segundo. Hola —saludó él a Mariah—. ¿Qué pasa?

–Zane, ha pasado algo… espantoso –contestó ella con la voz entrecortada–. Mi madre ha tenido un… derrame. Está… muy mal. Tengo que volver inmediatamente. No saben… Zane, es muy joven… Solo tiene sesenta y cuatro años y nunca había tenido… problemas de salud…

–Mariah, haz lo que tengas que hacer y no te preocupes por nada más –a él se le quebró la voz al oír los sollozos de ella–. Haz la maleta e intenta mantener la calma. ¿Tienes reservado un vuelo? Te mandaré un coche dentro de una hora. Quédate ahí, Mariah.

–Gracias, Zane. No sé cuánto tiempo estaré fuera…

–No te preocupes por mí –él miró a Jessica–. Tómate todo el tiempo que necesites y llámame si necesitas algo, ¿de acuerdo?

–Gracias, Zane. Adiós.

Zane cortó la llamada.

–Nunca la había visto tan descompuesta. Es posible que tenga que ausentarse mucho tiempo.

–Yo diría que sí. ¿Encontrarás a alguien que la sustituya?

–Desde luego –él la miró a los ojos–. Ya he encontrado a alguien y estoy mirándola.

Capítulo Cuatro

Jessica se despertó y el amanecer era impresionante. La luz se filtraba entre la neblina y las nubes con todo un despliegue de colores. Todos los días veía algo distinto por la ventana del dormitorio y empezaba a gustarle.

Estiró los brazos por encima de la cabeza para desentumecerse. La noche anterior, Zane le había dicho que se pensara la propuesta de sustituir a Mariah como su secretaria personal… y que durmiera. Ella se había quedado boquiabierta y había creído que se había vuelto loco, pero le había explicado que no estaba trabajando, que no tenía giras y que tampoco estaba dando entrevistas en ese momento, que casi todo lo que tendría que hacer era alejar a la prensa y posponer todo lo pendiente. Además, Mariah estaría en contacto para darle las indicaciones que necesitara si se presentaba algo medianamente complicado.

Ya se había aclarado las ideas y le gustaba el reto, incluso, lo anhelaba. Además, no estaba dispuesta a volver a Texas. Si se quedaba unas semanas para ayudar a Zane, todo tendría un sentido nuevo.

Se duchó y vistió en un abrir y cerrar de ojos. Se puso unos pantalones cortos color caqui y una blusa color chocolate, se calzó unas chanclas y se dirigió hacia la cocina. La señora López no había llegado todavía.

—¡Maldita seas!

Oyó una ristra de improperios y sonrió. Pobrecillo, no soportaba estar encerrado.

Entró en su dormitorio.

—Zane…

—¡Estoy aquí!

Siguió la dirección de su voz y lo encontró sobre el lavabo. Sus miradas se encontraron en el espejo. Tenía el ceño fruncido y tres gotas de sangre cubiertas con trozos de pañuelos de papel en las mejillas y la barbilla. El resto de la cara estaba cubierta con una loción para después del afeitado que olía a lima.

—Maldita mano. No puedo afeitarme como Dios manda.

Ella tomó una gota de sangre con el dedo índice antes de que le cayera en la camiseta blanca sin mangas. Él la miró en el espejo y le dio un pañuelo de papel.

—Gracias.

—Dame las gracias después de que te haya afeitado. Veremos si puedo hacerlo mejor.

—¿Tú…?

—Enjabonaba y afeitaba a mi padre cuando era pequeña —se sentó en la encimera de mármol para estar a la altura de él y tomó su cuchilla de afeitar—. Era como un juego, pero lo hacía muy bien.

Él miró con escepticismo la cuchilla de afeitar.

–Intenta no cortarme –contestó.

–Empezaremos desde el principio.

Se puso un poco de crema en las manos, se inclinó y se la extendió por las mejillas, la barbilla y el cuello. El corazón se le aceleró. Su proximidad, el olor a lima, su posición en la encimera, tocándolo... De repente, se dio cuenta del acto tan íntimo que estaba llevando a cabo con su cuñado.

Levantó la mirada y lo vio expectante. La mano ya no tenía la firmeza de antes. Sin embargo, no podía fracasar en el primer acto oficial como secretaria de Zane, por muy íntimo que fuera.

–Muy bien, ¿estás preparado?

–Mmm... –murmuró él completamente quieto.

Ella tenía las piernas al lado de las caderas de él e inclinó el cuerpo para acercarse a su cara. Apoyó la mano izquierda en su hombro para sujetarse y se quedó impresionada por la dureza granítica de su cuerpo. Le pasó la cuchilla y se llevó la barba incipiente con delicadeza. Fue repitiendo el movimiento con todo el cuidado que podía. Notaba la calidez de su aliento y tuvo que hacer un esfuerzo para dominar la atracción que sentía hacia él, tuvo que pensar en Steven, el hombre que le había machacado la fe. Limpió la cuchilla en el lavabo. Zane dejó de mirar al espejo y ella lo miró a los ojos. Entonces, de repente, notó una descarga eléctrica que le duró tres segundos. Él volvió a mirar al espejo y no dijo nada sobre lo que veía.

–¿Qué tal lo llevas? –preguntó ella para romper el silencio tenso.

—¿Estoy sangrando?

—No —contestó ella con firmeza por el tono intenso de él.

—Entonces, lo llevo bien.

—Muy bien, ahora, el cuello. Levanta la barbilla, por favor.

Él obedeció sin rechistar. ¡Confiaba en ella de verdad! Sintió algo cálido en el vientre y se quedó ahí hasta que terminó de afeitarlo.

—Se acabó, y puedo añadir que sin un solo corte —al menos, uno de ellos había salido indemne—. Creo que oigo a la señora López trajinando en la cocina —Jess le dio la cuchilla de afeitar y se bajó de la encimera—. ¿Qué quieres desayunar? ¿Café…?

Estaba a punto de llegar a la puerta cuando Zane la agarró del brazo, justo por encima del codo. Estaba impresionante con la camiseta blanca sin mangas y recién afeitado, aunque le quedaban algunos restos de crema.

—Espera un segundo. No te he dado las gracias y no tienes que preocuparte por mi desayuno.

—¿No me preocupo?

—No, eso no está entre las obligaciones de tu cargo.

Ella ya lo sabía, Mariah jamás le había servido una comida, pero tampoco podía decirle que lo había preguntado para escabullirse de él lo antes posible.

—Esta mañana hablaremos de lo que espero de ti como mi ayudante. Gracias por afeitarme —Zane se pasó las manos por la cara y la miró con admiración—. Es una delicia, lo has hecho muy bien.

54

Ella tragó saliva. ¿Significaba eso que tendría que afeitarlo todos los días? Efectivamente, no se lo había pensado bien.

—Gracias. Bueno, me ocuparé de tu desayuno.

—Por cierto, Jess...

—¿Sí?

—Me alegro de que vayas a quedarte —él le soltó el brazo—. Necesito tu ayuda y creo que vas a pasarlo bien, pero cuando quieras volver a tu casa, lo entenderé...

—Gracias, Zane. Haré todo lo que pueda.

Cuatro horas más tarde, Jessica estaba sentada detrás de una mesa en el despacho de Zane y estaba contenta porque tenía las cosas bajo control, aunque le había asustado un poco al principio. Mariah había sido muy eficiente y había archivado y documentado casi todo, lo que le facilitaba mucho adoptar el papel de secretaria personal. Parecía vivir según un calendario muy detallado y las citas, actos o reuniones de Zane estaban claramente anotados, también había números de teléfono junto a los nombres y breves recordatorios de lo que tenía que decir o hacer. No a una entrevista con la revista *People*. Sí a una donación de veinte mil dólares para el hospital infantil, y una aparición en el futuro. No a una aparición en un programa...

Esa mañana, con la ayuda de Zane, pudo hacer unas llamadas y organizarle algunas cosas. Estaba claro que Zane estaba hibernando en lo referente a la fama. Era posible que tuviese que alejarse un poco de los focos o era posible que no pudiera alejarse de sus demonios.

Ella, en cierto sentido, estaba haciendo lo mismo. Le daba miedo volver a su casa y le daba miedo hacer frente los contratiempos de su vida.

—¿Qué tal te va? —le preguntó él.

Ella levantó la mirada y lo vio en la puerta del despacho apoyado en las muletas. Se acordó de haberle afeitado esa mañana y de las emociones del desayuno. El corazón se le aceleró un poco.

—Creo que bien.

—¿Puedo ayudarte? —preguntó él con una sonrisa.

—No… por el momento.

Él no se marchó, pero tampoco entró en la habitación.

—¿Puedo hacer yo algo por ti? —le preguntó ella.

—Más o menos —él hizo una mueca con los labios—. Dylan está dándome la tabarra con el guion, y la verdad es que no sé si puedo actuar. Jamás he dado una lección de actuación. Por eso, quiero rechazarlo, pero…

Ella apoyó los codos en la mesa y se inclinó hacia delante.

—Pero, ¿podría ser algo que te gustaría hacer?

—No lo sé, Jess. Es posible que solo necesite un motivo para rechazarlo.

—¿Y cómo puedo ayudarte?

—Según Dylan, si leo el guion y lo preparo con alguien, sabré mejor si aceptarlo o no. No se lo he pedido a Mariah porque es empleada mía y no estoy seguro de que fuese a ser…

–¿Sincera?

–Objetiva. Tiende a animarme para que pruebe cosas nuevas y podría no ser la persona idónea para pedírselo.

–¿Estás insinuando que yo no tendría inconveniente en decirte que no sirves?

–¿Lo harías? –preguntó él entre risas.

–Claro, no tendría el más mínimo inconveniente.

–No sé cómo tomármelo… –replicó él con el ceño fruncido.

–Solo lo haría por tu bien, pero, sinceramente, ¿qué sé yo de actores y actuaciones? Podría equivocarme.

–Un actor malo es un actor malo. Puedes saber si un cantante desafina, ¿no?

–Algunas veces, pero mi oído musical no es tan bueno como el tuyo.

–Pero eres auténtica, Jess. Sabrías si alguien es auténtico. Es lo único que te pido.

Su fe en ella era alentadora y tenía que reconocer que la halagaba. Además, como su secretaria personal, no podía negarse.

–De acuerdo. ¿Qué tenías pensado?

–Repasaremos algunas escenas y veremos si puedo meterme en el personaje.

–¿Dónde?

Él señaló el sofá largo de cuero beis, el sitio más cómodo para dormir según Zane.

–Allí –Zane fue hasta el sofá, se dejó caer y soltó

57

las muletas en el suelo–. El guion está detrás de ti, en la estantería. Si no te importa traerlo…

–Claro –ella se dio la vuelta y lo encontró enseguida–. ¿*Flor silvestre*?

–Ese. Ya sabes casi toda la historia.

Efectivamente. Estaba allí cuando Dylan les explicó la historia de amor y misterio. Se trataba de un hombre que volvía al rancho familiar después de mucho tiempo fuera y se encontraba que su hermano tenía una relación sentimental con la mujer que le había gustado a él cuando estaba allí. También había un misterio que rodeaba la muerte de su padre y toda una serie de personajes implicados, entre ellos, los dos hermanos.

–Creo que es una buena historia, Zane.

–Bueno, veamos si yo estoy a la altura.

–Claro que sí.

Ella también fue hasta el sofá y se sentó, dejando un almohadón entre los dos.

–Creo que no va a dar resultado –comentó Zane–. Tienes que sentarte a mi lado –él sacudió el guion en el aire–. Solo tenemos uno.

–De acuerdo.

Zane le miró las piernas durante medio segundo mientras se acercaba y notó la calidez que le subía por la nuca. Ella, con un movimiento disimulado, se tiró de los pantalones. Él fingió no haberse dado cuenta y empezó a pasar las páginas del guion.

–Muy bien, aquí hay una escena que podemos hacer juntos. Es cuando Josh y Bridget se encuentran por primera vez después del regreso de él.

Ella leyó las líneas en silencio. Era bastante fácil. Había unas frases para describir y poner en contexto la acción y el resto era un diálogo entre los dos personajes, cuyos nombres estaban escritos en negrita.

–Empieza tú –Zane señaló la primera frase–. Es cuando Josh habla con Bridget delante de la casa.

–Muy bien, allá vamos.

Ella lo miró y sonrió. Él no le devolvió la sonrisa. Estaba tomándoselo muy en serio. Ella se aclaró la garganta y se concentró en las líneas que tenía delante.

–¿Josh? ¿Cuándo has vuelto? Yo… Yo no sabía que habías venido.

–Mi padre ha muerto. ¿Creías que no iba a venir al entierro?

–No. Es que… Has estado tanto tiempo fuera…

–¿Que me habías… desechado?

Zane lo dijo con cierta rabia. Fue perfecto.

–Eso no fue lo que sucedió. Te recuerdo que tú me abandonaste, que dijiste que no podías seguir viviendo aquí.

–Te di una oportunidad, Bridget, pero no me elegiste.

–Eso no era una oportunidad. Me pediste que lo dejara todo; mi familia, mis amigos, mi empleo y una pueblo que me encanta.

–¿Crees que a mí me espanta?

–¿No es verdad?

–Hubo una vez que me encantaba todo en este sitio, y tú entre otras cosas.

Jessica lo miró fijamente. Él había puesto un toño tan serio y grave que resultaba muy autentico, que la impresionó de verdad.

—Sin embargo, tú pasaste página… —esa vez, el tono de Zane fue gélido— con mi hermano.

Leyeron las tres páginas siguientes, fueron hacia delante y hacia atrás para aprenderse los personajes y meterse en ellos. La escena era muy intensa y Zane podía liberar su propia angustia mediante las palabras del guionista.

Ya habían terminado casi la escena, solo quedaban unas líneas.

—No vuelvas, Josh —dijo ella mirándolo a los ojos—. No quiero volver a verte.

Zane estaba metido en el personaje.

—Mala suerte, Bridget —replicó él con una emoción muy profunda—. He vuelto para quedarme.

—Voy a casarme con tu hermano.

—¡Ni lo sueñes!

Zane lo exclamó con ira y se inclinó hasta quedarse a unos centímetros de Jessica

—No… Josh… no vuelvas a meterte en mi vida.

—Ahora es cuando la agarra y la besa —susurró Zane.

Ella notó su aliento en la boca y deseó que la besara… que la besara Zane. El corazón se le subió a la garganta y le abrasaron las mejillas.

Zane le miró la boca. ¿Estaría pensando lo mismo? ¿Quería besarla?

Ella confiaba en ese hombre. Ese hombre le gustaba de verdad.

—¿Quieres que nos saltemos el beso?

Él negó con la cabeza sin dejar de mirarle la boca.

—No, no quiero —contestó él con la voz ronca.

Se le aceleró el pulso cuando él le tomó la cara entre las manos y le acarició las mejillas ardientes con los dedos largos y delgados. Tenía la cabeza ligeramente ladeada hacia la izquierda y, entonces, él bajó la boca hacia la de ella. Le rozó los labios con delicadeza y ella sintió el contacto en lo más profundo de su ser. ¿Debería seguir siendo su personaje? ¿Cómo iba a conseguirlo? Todo le daba vueltas por dentro sin control.

Según el guion, tenía que ser un beso despiadado y devastador, pero ese beso no se parecía en nada. Sus labios eran firmes, entregados, generosos… celestiales.

—No he dejado de meterme en tu vida, Bridget —el tono áspero de su voz la convenció. Se le daba muy bien la aspereza—. Es posible que no termine nunca.

Zane se apartó, pero no dejó de mirarla. Entonces parpadeó varias veces como si estuviera volviendo a la realidad y se aclaró la garganta. El aire se cargó de tensión. ¿También lo sentía Zane? Ella no sabía a dónde mirar ni qué decir.

—Es tú replica —susurró Zane.

Ella miró la página y leyó la última línea.

—No… No puedo hacerlo otra vez, Josh.

Zane hizo una pausa de un segundo y la miró con rabia.

—Esta vez, no voy a darte una oportunidad.

Habían completado la escena. Zane cerró el guion, apoyó los codos en las rodillas y se inclinó hacia delante. El corazón se le había desbocado. Necesitaba espacio, separarse un poco de Zane. Se dejó caer sobre el respaldo del sofá y suspiró.

–Gracias –dijo Zane en voz baja. Ahora llega la parte complicada. Respeto tu opinión y no pasará nada en cualquier caso, así que dímela.

Aparte del beso, del que no se había recuperado todavía, estaba cautivada por el personaje de él. Se había metido en el papel de Josh con toda naturalidad.

–No soy una especialista, pero sé cuándo es bueno algo y diría que has estado muy natural, Zane.

Él también se dejó caer sobre el respaldo y la miró a los ojos. Se quedó aterrada, no quería que notara lo nerviosa que estaba.

–¿Lo piensas de verdad?

–Sí. Te has metido en el personaje y has hecho que me lo creyera.

Él se acarició la mandíbula y suspiró.

–Lo siento si querías oír que eres un actor desastroso –siguió ella–, pero no lo creo.

Él esbozó una sonrisa torcida.

–Reconozco que era lo que esperaba. Ahora se me complica tomar una decisión.

–Lo siento…

–No lo sientas –él resopló–. Te pedí tu opinión y te lo agradezco, Jess. Además, confío en tu criterio. También…. bueno, me dejé llevar por la escena… Espero que no te importe que te diera ese besito.

¿Besito? Si eso era un besito, ¿cómo sería un beso de verdad dado por quien había sido su cuñado? Él no sabía que ese beso había conseguido que se le dispararan los sentidos, y no lo sabría jamás. Jamás reconocería que había querido besarlo. Además, era su jefe y sabía que era un hombre bueno e íntegro que nunca se aprovecharía de ella. Naturalmente, había querido ajustarse al guion, se había metido tanto en el personaje que no había querido perder la intensidad de la escena. Sin embargo, cuando la miró a los ojos, ella llegó a creer que él, Zane Williams, quería besarla de verdad, había sido un momento maravilloso.

—No, no me importa lo más mínimo.

Sonó su teléfono móvil, que estaba en la mesa, y se levantó de un salto para contestar.

—Discúlpame, Zane, es mi madre.

La llamada de su madre no podía haber sido más oportuna. Tenía que alejarse de Zane y de las ideas ridículas que le rondaban por la cabeza.

—Hola, mamá –le saludó Jess mientras subía las escaleras.

—Hola, cariño. ¿Qué tal estás esta tarde? Bueno, supongo que allí es por la mañana.

—Sí, falta un poco para mediodía. Estoy bien.

El corazón ya le latía a un ritmo normal después del beso de Zane.

—¿De verdad?

—Sí, estoy bien.

Era curioso que la distancia y el entorno nuevo hiciesen que viera las cosas de forma distinta. No le entusiasmaba cómo estaba evolucionando su vida, le había dedicado mucho tiempo a Steven Monahan, pero tampoco hacía falta que le preocupara a su madre. En ese momento, iba día a día.

—Es más, me alegro de que hayas llamado esta mañana —siguió ella—. Tengo una noticia. Mariah, la secretaria personal de Zane, se ha tomado un tiempo de permiso y como yo estoy aquí Zane me ha pedido que ocupe el puesto de Mariah.

—¡Qué bien, cariño!

—¿Te lo parece?

El tono de alegría de su madre hizo que recelara.

—Naturalmente, es posible que te venga muy bien que te quedes allí.

¿De verdad? ¿Su protectora madre, la mujer que se ponía el despertador a las tres de la madrugada para comprobar cómo estaban sus hijas cuando eran pequeñas, la mujer que se había desvelado cuando eran adolescentes, la mujer que la había mandado a casa de Zane para que la cuidara después de su desastrosa boda frustrada, esa madre se alegraba de que no volviera enseguida a casa?

En ese momento, supo que estaba pasando algo y se sentó en la cama.

—¿Por qué, mamá? ¿Qué ha pasado?

—Me espanta tener que decírtelo, pero prefiero decírtelo yo a que te enteres por otra persona.

Se le paró el pulso.

—Dímelo, por favor —le pidió a su madre conteniendo el aliento.

—Muy bien, cariño. Lo siento, pero acabo de enterarme de que tu Steven se ha fugado con Judy McGinnis. Se marcharon del pueblo hace dos noches y se fueron a Las Vegas. No se habla de otra cosa.

—¿Con… Judy McGinnis?

—Eso me temo. Jamás me lo habría esperado de Judy. ¿Estás bien, cariño?

Era posible que nunca volviera a estar bien. Acababa de enterarse de que el hombre al que había dedicado tres años, el hombre que le había jurado el día de su boda que no estaba preparado para casarse y que no era por algo que hubiese hecho ella, acababa de casarse. Ella había creído que él tenía pánico al compromiso, pero ya sabía la verdad, que no estaba preparado para casarse con ella, que sí estaba dispuesto a casarse con una de sus damas de honor.

Judy había sido amiga suya desde el colegio. ¿También tenía que perder la amistad de Judy? Eso era un revés doble para su autoestima. Los dos la habían traicionado. Se habían burlado de ella y no había visto los indicios. ¿Desde cuándo habían estado acostándose a sus espaldas? Le escocieron los ojos por las lágrimas.

Estaba empezando a reponerse y a dominar los sentimientos pero un dolor nuevo la desgarraba por dentro. Había sido una necia y eso era lo peor de todo. El corazón le dolía como no le había dolido nunca, pero no podía dejarse arrastrar. Si lo hacía, estaría completamente perdida. No permitiría que esa traición condicionara su vida, no se haría un ovillo y dejaría que el mundo siguiera su curso sin ella.

–Jessica…

–No pasa nada, mamá, solo necesito algo de tiempo para asimilarlo.

–Aquí estoy si me necesitas, cariño. Lo siento muchísimo.

–Lo sé. Te quiero. Te llamaré esta noche.

Jessica cortó la llamada, se miró al espejo y vio su reflejo con gafas de concha.

Estaba cansada de sentirse como una piltrafa. La vieja Jessica tenía que desaparecer y la nueva tenía que tomar las riendas de su vida.

Zane estaba en la terraza mirando el mar y sintiendo la brisa de la tarde. Dylan McKay estaba sentado a su lado bebiendo té helado.

–¿Cuándo estarás curado del todo y volverás a vivir? –le preguntó Dylan.

–El lunes me quitan esa maldita bota.

–¿Y qué tal está la muñeca?

¿La muñeca? Esa mañana había intentado afeitarse y había sido inútil. Jess le había ayudado. Ella lo había afeitado y se había acercado tanto que sus alientos se habían mezclado y había sentido una descarga eléctrica. Apretó los dientes.

–La muñeca también debería curarse pronto… con un poco de suerte –movió la punta de los dedos, que no estaban tapados por la escayola–. No puedo hacer nada con la mano izquierda, no sabes lo descoordinado que eres hasta que no puedes usar la mano derecha.

—¿Hasta cuándo estará fuera Mariah?

—No lo sé bien. Hablé esta mañana con ella. Su madre podría quedarse paralítica para siempre. Mariah está destrozada.

—Entonces, ¿Jessica y tú sois los únicos que vivís en esta casita?

—Ella ha asumido las competencias de Mariah.

—¿La has contratado?

Zane asintió con la cabeza. No tenía por qué contarle a Dylan que se sentía más cerca de Janie si Jessica estaba allí. Ella entendía, mejor que nadie, la pérdida que había sufrido. Compartían ese dolor atroz. Jess era como Beckon para él sin haber tenido que volver al pueblo.

—Sí. No tenía una alternativa para Mariah y tú sabes tan bien como yo que es difícil sustituir a un empleado de confianza. Yo confío en Jess y ella hará todo lo que pueda.

—Cantas sus excelencias… —comentó Dylan mirándolo con los ojos entrecerrados

—Es lista y aprende enseguida —Zane se encogió de hombros—. Es de la familia.

—No paras de repetirlo.

—Es verdad. ¿Por qué no iba a decirlo?

Dylan esbozó una sonrisa irónica y sacudió la cabeza.

—Por nada. ¿Tengo alguna posibilidad de convencerte para que seas mi coprotagonista antes de que vuelvas de gira?

–Todavía no lo he decidido, McKay. Ya te dije que no iba a prometerte nada.

–Ya sabes lo que dicen de las personas que arrastran los pies…

–No, ¿qué dicen?

–Qué pueden acabar cortándoselos a la altura de los tobillos.

–Debería sentirme halagado por tu insistencia –Zane se rio–. Sinceramente, si otro me quita el papel, no pasará nada. Yo no estoy seguro.

Quiso añadir que no estaba seguro sobre nada.

–Nadie va a quitarte el papel. Soy el productor ejecutivo y te veo haciendo ese personaje.

–Quieres mis fans…

–Eso también. Sería un necio si no quisiera atraer a tus admiradoras, pero no tengo la más mínima duda de que tú…

–¡Zane!

Esa voz sensual llegó hasta la terraza y se le paró el pulso. Algunas veces, cuando menos lo esperaba, Jess le llamaba y él juraría que era Janie.

–¡Estoy aquí!

Jessica asomó la cabeza por la puerta.

–Perdona, no sabía que estabas con alguien.

–Hola –le saludó Dylan–. ¿Qué tal estás, Jess?

Dylan sonrió de oreja a oreja.

–Hola, Dylan.

Zane no la había visto desde que habían ensayado aquella escena y se habían besado.

–Tómate algo con nosotros.

–No, gracias –replicó ella acercándose.

Llevaba un vestido con un estampado de flores, el pelo recogido en una coleta y un bolso de paja colgado del hombro.

—La verdad es que he terminado lo que he podido esta tarde y esperaba ir de compras —siguió ella—. Quería preguntarte si necesitabas algo antes de que me marchara.

—¿Qué vas a comprar?

—Yo… Bueno, no he traído suficiente ropa…

—Conozco una tiendecita fantástica —intervino Dylan—. Me encantaría llevarte.

Zane giró la cabeza para mirar a Dylan. ¿Estaba de broma?

—Gracias —Jess se rio—, eres muy amable, pero me apetece explorar y ver lo que puedo encontrar.

—Captado —replicó Dylan—. Quieres estar un rato sola. Espero que Zane no te haya machacado demasiado.

—Ni mucho menos. Estoy disfrutando con el trabajo.

Dylan McKay le ponía nerviosa. Zane no estaba seguro de que eso fuese algo bueno. Jessica estaba vulnerable y no era el mejor momento para que Dylan coqueteara con ella.

—Pero mañana vendréis los dos a la fiesta, ¿verdad? —preguntó su vecino con otra sonrisa arrebatadora.

—No, lo siento —contestó Zane—. No estamos libres.

Jessica lo miró y parpadeó antes de mirar a Dylan.

—La verdad es que he cambiado de opinión y me encantaría ir. ¿A qué hora?

La sonrisa de Dylan se ensanchó.

—A las seis.

—Allí estaré.

—¿De verdad? —le preguntó Zane.

Los dos habían decidido no asistir.

—Sí, ¿por qué no? Puede ser divertido —contestó ella.

Zane no podía rebatírselo. Si ella quería ir a esa fiesta de Dylan, él no podía impedírselo.

—Bueno, entonces… iremos.

—¿Tú también? —le preguntó Jess con una expresión de entusiasmo—. ¿Vas a ir? Es fantástico, Zane.

Él no pudo impedir que se le hinchara el pecho. ¿Por qué le gustaba tanto que Jessica quisiera tenerlo cerca?

—Bueno, será mejor que me marche. Zane, ¿no te importa que tome uno de tus coches?

—No. Ya sabes dónde están las llaves.

—Gracias, me llevaré el todoterreno. Hasta luego —se despidió ella antes de darse la vuelta y entrar en la casa.

—Está bien —comentó Dylan.

—Muy bien.

—¿Demasiado bien para mí? ¿Estás disuadiéndome?

—No me ando con rodeos —Zane lo miró a los ojos—. Sabes que Jessica no es tu tipo. Mantente al margen. Te lo digo en serio. Lo ha pasado muy mal últimamente.

La butaca crujió cuando Dylan se apoyó en el brazo y se inclinó para mirarlo fijamente.

—¿Te gusta?

—Claro que me gusta. Es como mi...

Zane no pudo terminar la frase. No podía decir que era como una hermana para él. Volvió a acordarse del beso. En aquel momento, se había olvidado de que era la hermana de Janie. En lo único que pudo pensar fue en lo dulces y suaves que eran sus labios, en lo mucho que le gustaría seguir besándola. Se había sentido tranquilo y electrificado.

Había estado con mujeres para satisfacer las necesidades físicas, no había sido un santo completo después de la muerte de Janie, pero no había tenido una verdadera relación sentimental y tampoco iba a lanzarse de cabeza con Jessica. Entonces, ¿podía saberse por qué le atormentaba el recuerdo de ese beso que se habían dado antes?

—Me refería a que la quieres para ti.

—¿No me has oído? —Zane resopló—. Está vedada para todo el mundo. Tiene que cicatrizar muchas heridas y nadie se acercará a ella hasta entonces.

Él le había prometido a su madre que la protegería y que se ocuparía de que no volvieran a hacerle daño.

—De acuerdo, de acuerdo, lo he entendido. Ahora, volvamos al guion. Creo que el personaje de Josh te va como anillo al dedo, como si lo hubiesen escrito pensando en ti.

Zane se alegró de que el tema de conversación pasara a ser su posible carrera como actor.

Capítulo Cinco

Benditas fuesen las tarjetas de crédito. Le permitían gastar sin tregua en la tienda que Mariah había puesto por las nubes. Rebuscó por las estanterías de Misty Blue y cada vez que encontraba algo que le parecía atrevido e impropio de su imagen de maestra de pueblo, le pedía a la dependienta que lo apartara para probárselo más tarde. Sybil, la dependienta de treinta y tantos años, la seguía a todas partes, le hacía sugerencias y la alababa cada dos por tres. «Tiene que quedárselo», «nunca encontrará algo que le siente mejor», «será la envidia de todas las mujeres de Moonlight Beach».

Jessica aceptaba sus halagos. ¿Por qué no? Los necesitaba tanto como comprarse un guardarropa nuevo. Volvería a Beckon como una mujer nueva. Su ropa sería estilosa, su actitud no daría lástima y tendría varios miles de dólares menos en la cuenta. Ahorrar no lo era todo.

—Le llevaré todo esto a su probador —le comunicó Sybil—. Eche una ojeada sin prisa.

Jessica vio varios pares de zapatos encima de una vitrina preciosa.

Treinta minutos más tarde, Jessica miró alrededor del probador. La ropa colgaba de los preciosos ganchos dorados y los zapatos salpicaban el suelo alrededor de sus pies.

Llamaron a la puerta del probador.

—Señorita Holcomb, ¿puedo ayudarla? —preguntó Sybil.

—No, gracias. Saldré dentro de un minuto.

—¿Ha encontrado algo que le guste?

—Más bien, todo —contestó Jess.

Se imaginó la sonrisa de la dependienta, quien, seguramente, se llevaría una comisión. Sus compras dejarían contentas a las dos.

Zane había recibido un mensaje de Jess hacía media hora y le decía que no la esperara para comer. Iba a retrasarse, pero a él no le apetecía comer sin ella.

Fue a la sala cuando por fin oyó que llegaba el coche y se dejó caer en el sofá. Un minuto después, se abrió la puerta del recibidor trasero y oyó el ruido de unas bolsas y unos pasos que se acercaban. Tomó una revista y empezó a pasar las páginas.

—Hola, Zane. Perdona que me haya retrasado.

Él levantó la cabeza y la vio cargada con un montón de bolsas.

—¿Te has comprado toda la tienda?

—Digamos que me trataron muy bien. Por cierto, casi se me olvida, te he traído un regalo —se agachó, rebuscó en una bolsa y sacó una caja negra—. Yo… espero que no te moleste, pero sé cuánto te gustaba la que te regaló Janie y… bueno, esta es mía…

Ella le rozó la mano con delicadeza y ese contacto le llegó al corazón. Consiguió levantar la tapa con la mano sana y miró el regalo. Se quedó mudo. Era una copia casi exacta de una corbata vaquera que le había regalado Janie el día del aniversario de su primera cita y que se había perdido en el incendio. Él no la había sustituido porque no habría tenido el mismo significado sentimental, pero sí significaba algo que Jessica se la regalara. Sacó la corbata de cordón de la caja y miró a Jessica.

—Es un regalo muy considerado, Jess.

—Sé que valorabas mucho la primera. Le ayudé a Janie a elegirla y por eso me acuerdo de cómo era.

—No hacía falta que lo hicieras…

Sin embargo, le encantaba que lo hubiese hecho.

—Estás dándome comida y un techo, pero, sobre todo, estar aquí me ayuda a curar las heridas. Es lo mínimo que podía hacer. Además, quería que fuese… algo especial.

—Lo es. Es muy especial.

Él se levantó del sofá, tomó las muletas, se acercó a ella y le miró los ojos verdes a través de los cristales de las gafas. Eran cálidos, amables y auténticos. La besó en la frente como un hermano besaría a su hermana, pero los ojos de ella reflejaron cierta excitación y él también la sintió. Fue bajando la boca sin poder contener las ganas de volver a saborear la calidez de sus labios. Cuando los alcanzó, se deleitó con su dulzura y se grabó ese momento en la memoria. Se apartó justo a tiempo para que pudiese ser un beso de agradecimiento.

—Gracias.

—De nada.

La voz grave y sensual de Jessica le emocionó y le atenazó las entrañas a la vez. Se parecía demasiado a la de Janie.

—No he comido todavía. Estaba esperándote. La señora López nos ha dejado la comida en el horno para que no se enfríe. ¿Tienes hambre?

—Estoy muriéndome de hambre —contestó ella—. Ir de compras es muy arduo y me ha dado apetito.

Él se rio.

—Dejaré las bolsas en mi cuarto. ¿Nos vemos en la cocina?

Él asintió con la cabeza. Le fastidiaba mucho no poder ayudarla. La miró mientras subía las escaleras con tres bolsas enormes en una mano y dos en la otra. La próxima vez que fuese de compras, ya podría tomarle los paquetes y subírselos al cuarto.

La señora López había dejado pollo y buñuelos en el horno. Zane levantó un paño de cocina que tapaba una cesta y vio unas galletas esponjosas y calientes todavía.

—Vaya, qué bien huele —comentó Jessica mientras entraba en la cocina.

—La señora López ha hecho una de mis cenas favoritas.

—Entonces, me sorprende que me hayas esperado.

—Me imaginaba que a una sureña como tú le gustaría comer pollo y buñuelos en compañía. Es la receta de mi madre.

—Te imaginabas bien. Siéntate —ella señaló hacia la mesa—. Lo serviré. A no ser que quieras comer fuera…

Él negó con la cabeza. El sol ya se había puesto y el viento soplaba con fuerza. Antes de que se diera cuenta, la mesa estaba puesta, los platos estaban servidos y una de sus personas favoritas estaba sentada enfrente de él.

El pollo estaba tierno, los buñuelos se le deshacían en la boca y dedicó unos minutos a concentrarse en la comida. Le gustaba estar en silencio con Jess y sin sentir la necesidad de ejercer de anfitrión. A ella le gustaba ese silencio tanto como a él.

—Mmm… estaba muy bueno —Jess terminó el último trozo de comida y se limpió la boca—. Tengo que robarle la receta a la señora López y hacérsela a mi madre cuando vuelva a Beckon.

—Pídesela cuando quieras.

No debería esta fijándose en las cosas en las que se fijaba de Jess. Como, por ejemplo, en la forma de subirse las gafas, en su olor después de haberse duchado o en el tono dorado de su piel por haber tomado el sol. Además, el sonido de su voz le llegaba a lo más profundo de su ser. Janie y Jess eran las única mujeres, que él conociera, que tenían esa voz grave y ronca y muy femenina. La de Janie había sido sensual y sexy, pero la de Jess…

—Zane…

Él levantó la mirada y se encontró con esos ojos verdes como un prado.

—Te habías ensimismado… —añadió ella.

—Perdón.

—No pasa nada. ¿Estás bien?

Él asintió con la cabeza y se aclaró la garganta.

—Entonces, ¿te lo has pasado bien de compras?

—He tenido una dependienta solo para mí y que me ha asesorado. Me seguía a todos lados y era encantadora.

—Me alegro de que lo hayas pasado tan bien.

—Estoy dispuesta a pasarlo así de bien muchas veces a partir de hoy.

Sus ojos dejaron escapar un destello de firmeza y su expresión fue de esperanza. Estaba cicatrizando las heridas y eso era bueno, a él le gustaba ver que se sentía mejor. Para eso había ido allí, pero también parecía un poco demasiado pronto, parecía un poco demasiado contenta para ser una mujer a la que habían traicionado y desgarrado el corazón. En ese momento, Jessica Holcomb parecía dispuesta a comerse el mundo, o, al menos, Moonlight Beach. La intuición, que no solía fallarle, le decía que a Jess le pasaba algo más… y no estaba seguro de que fuese a gustarle.

—Hola, Zane.

Jessica entró en la sala vestida y arreglada para ir a la fiesta de Dylan. Zane, que estaba mirando por el ventanal, se dio la vuelta. Tenía el pelo peinado hacia atrás y la barba incipiente indicaba que llevaba dos días sin afeitarse. Estaba impresionante con una camisa blanca y unos pantalones color caqui. Cuando vio a su nueva ella y la miró de arriba abajo, se quedó boquiabierto y los ojos casi se le salieron de las órbitas. Se puso todo lo recto que pudo, apoyado en las dos muletas, y suspiró con fuerza.

—Zane… ¿Te pasa algo?

—Estoy bien —contestó él mirándola fijamente y con una expresión indescifrable.

—¿De verdad? ¿He hecho algo? ¿No te gusta el vestido?

Él entreabrió la boca, pero no dijo nada y tragó saliva como si se hubiese tragado las palabras.

—¿Qué pasa? —insistió ella.

—Te pareces a Janie.

Él lo soltó como si, una vez presionado, no pudiese contenerlo.

—¿De… verdad?

¿Cómo iba a parecerse a Janie? Janie era impresionante, tenía una belleza natural y un rostro simétrico, llevaba ropa estilosa, tenía un pelo largo y sedoso… Eran hermanas y, naturalmente, se parecían, pero ella siempre había estado a la sombra de Janie.

—Yo… No era mi intención —siguió ella—, pero lo tomaré como un cumplido. Supongo que necesitaba un cambio —añadió ella, que se sintió obligada a dar una explicación.

Se hizo un silencio tenso.

—No tienes que cambiar nada —replicó él con firmeza.

Zane no tenía ni idea de lo que estaba pasando

en ese momento, del dolor, del rechazo, de la rabia. No lo sabía porque ella no se lo había contado. Él no era su paño de lágrimas y tampoco estaba dispuesta a hablar con nadie del repentino matrimonio de Steven con la que había sido su amiga y dama de honor.

—Lo siento si te he alterado. Evidentemente, te disgusta y no tengo por qué ir esta noche.

Seguía enamorado de Janie y nadie sabía mejor que ella lo especial que era su hermana. Estaba allí gracias a la generosidad de Zane y era su jefe. Tenía que recordarlo aunque sintiera un dolor sordo por dentro. Él no sabía cuánto le costaba eso a ella. Esperaba recibir su aprobación. ¿Por qué le importaba tanto lo que pensara Zane?

Se dio media vuelta para dirigirse hacia la escalera cuando la voz de Zane retumbó en la habitación.

—¡Maldita sea, Jess! ¡No te marches!

Ella se volvió a darse la vuelta y lo miró fijamente. Tenía un brillo sombrío en los ojos.

—¿Es una orden del jefe?

—No. No era una orden.

—Entonces, ¿qué era?

Zane volvió a mirarla de arriba abajo y sus ojos reflejaron un deseo ardiente, fue una mirada que podría haberle derretido los huesos. Entonces, él sacudió la cabeza antes de hablar.

—Nada. Jess, no necesitas mi aprobación. Lo cierto es que esta noche estás tan guapa que me has sorprendido y… no me gustan las sorpresas. Soy un majadero.

Ella estuvo a punto de sonreír y se resistió con uñas y dientes, pero Zane podía se encantador cuando quería.

—El pelo rubio te queda muy bien.

Ella tomó aire.

—Ese vestido es impresionante, estás irresistible.

Sus halagos estaban subiéndosele a la cabeza.

—Muy bien, Zane, ya has dicho bastante. Olvidémoslo —añadió ella.

Los enfrentamientos no le gustaban lo más mínimo.

—¿Vas a ir a la fiesta?

—Sí, ya estoy preparada.

Habían tenido su primera discusión de verdad, aunque no había sido gran cosa. Solo habían sido unos minutos de tensión, pero ella se había mantenido firme y podía sentirse contenta. Amar a Steven le había enseñado una cosa, a no pasar por alto lo que estaba mal. A partir de ese momento, quería que todo fuese la verdad absoluta.

—¿Te importa conducir? —le preguntó él.

—Debería hacer que te arrastraras por la arena hasta casa de Dylan.

—Si lo hiciera, ¿volverías a sonreír?

—Es tentador, pero no soy tan despiadada.

Zane sí sonrió y volvieron a estar en las mismas condiciones, fuera eso lo que fuese.

Capítulo Seis

Zane estaba entre las sombras, con el hombro apoyado en la pared de la casa de Dylan. Ella estaba delante de una fogata circular en la terraza. El vestido vaporoso había sido víctima de la brisa y él había visto cómo se le levantaba cada dos por tres, y algo muy fuerte le había vibrado por dentro todas y cada una de las veces.

No podía imaginarse por qué había cambiado tan drásticamente de imagen. No habría dicho que antes era una patita fea, había sido perfecta a su manera, pero esa noche se había convertido en un cisne maravilloso… y se temía que él tenía un problema muy grande.

Le gustaba mucho y sabía que estaba tan vedada para él. Podía lidiar con la Jess de antes, era como su hermana pequeña, pero en ese momento, cuando la luz del atardecer se reflejaba en su pelo y oía su risa sensual mientras hablaba con Dylan y sus amigos, le parecía una mujer distinta.

La dulce Jess era una bomba y todos los hombres que estaban allí se habían dado cuenta.

Dylan sacó la cabeza de entre el grupo y le hizo un gesto.

—¡Ven con todos!

Se apartó de la pared, se equilibró con las muletas y fue hacia la fogata.

—Creía que Adam era el único ermitaño de la playa —comentó Dylan.

—Hay una diferencia entre disfrutar de la intimidad y ocultarse del mundo —replicó Adam.

Adam Chase era el vecino de al lado, el arquitecto de muchas de las casas de primera línea.

—Te ha pillado, Dylan, aunque, como te encanta llamar la atención, no lo entenderás.

Zane le lanzó la pulla porque sabía que Dylan aceptaba bien las bromas. Dylan tomó la mano de Jess y entrelazó los dedos con los de ella.

—Están todos contra mí, Jess, necesito que alguien me apoye.

Jess se rio y Zane se fijó en la copa de mojito medio vacía que tenía en la otra mano. Ella se soltó la mano y se apartó un poco de Dylan. Fue un movimiento casi inapreciable, menos para Zane, que no perdía detalle de todo lo que hacía.

—Esto es un asunto vuestro, chicos, yo me quedo al margen.

—Me rompes el corazón, Jess —se lamentó Dylan dándose una palmada en el pecho.

Adam desvió la mirada hacia Jess y sus ojos se clavaron en el canalillo que dejaba ver el escote de su vestido. Esa noche estaba impresionante y a Zane también le costaba apartar la mirada de ella. No podía reprocharles que coquetearan con ella, pero esas miradas hacían que le bullera la sangre.

—Eres una mujer inteligente, Jessica —dijo Adam.

–La más inteligente –intervino Zane–. Esta noche se viene conmigo a casa.

Todas las miradas se dirigieron a él. Vaya, los había asombrado, pero no más que lo que se había asombrado a sí mismo. Miró a Dylan, quien tenía una sonrisa tan jactanciosa y resplandeciente que podría iluminar la oscuridad de la noche. Adam tenía una expresión indescifrable y las otras cuatro personas que había alrededor de la fogata se quedaron en un silencio tenso.

–Es mi invitada y…

–Creo que lo que Zane quiere decir es que lo he pasado mal últimamente –le interrumpió Jessica–. Estoy superando una ruptura y es tan considerado que quiere protegerme –ella miró a las siete personas que estaban sentadas alrededor de la fogata–. Aunque no necesito que me protejan de ninguno de los que estáis aquí. Habéis sido muy amables.

Era verdad y Zane se sentía un majadero por haberla reclamado cuando no tenía ningún derecho y por haberla puesto en una situación tan incómoda.

–Sin embargo, tomo mis propias decisiones y me encantaría llegar a conoceros mejor –añadió ella.

–Efectivamente, eres una mujer inteligente –Dylan miró a Zane con comprensión sincera. Ya habían hablado de eso–. Todos sabíamos a dónde quería llegar Zane.

Zane no dijo nada por el momento, ya había hablado bastante y tenía la sensación de que Jessica no estaba muy contenta con él. Seguramente, su actuación como hermano mayor la había hartado un poco. No dijo ni pío cuando ella y Adam Chase fueron charlando hasta la orilla durante unos minutos ni manifestó el más mínimo fastidio cuando Dylan se ofreció a enseñarle la casa, pero respiró aliviado cuando Jessica se hizo amiga de tres de las mujeres de la fiesta y pasó un buen rato con ellas. Una de ellas era una actriz que acababa de aparecer en una película sobre una chica del sur y estuvo preguntándole cosas sobre Texas.

–Me parece que te vendría bien una cerveza.

Adam le dio una de las botellas que llevaba entre los dedos.

–Me has leído el pensamiento, buena idea.

Adam sonrió aunque no solía sonreír, pero, evidentemente, Zane le había hecho gracia.

–¿Qué tal va el restaurante?

Zane le había pedido que le recomendara alguien que estuviese especializado en establecimientos comerciales a pie de playa porque Adam no hacía restaurantes pequeños.

–Hemos levantado la estructura y deberíamos abrirlo dentro de un par de semanas –contestó Zane.

–Me alegro de que todo vaya bien.

–Eso parece.

–Jessica parece una chica estupenda –Adam dio un sorbo de cerveza–. Ha dicho que tiene una relación indirecta contigo.

¿Indirecta? Aunque eso era verdad, todavía le dolía que ella lo dijera y que él lo oyera dicho por otra persona.

—Sí, era la hermana pequeña de mi esposa. Está pasando una temporada en Moonlight Beach.

—Contigo. Eso ya lo dejaste claro hace un rato —Adam hizo otra mueca—. A lo mejor me equivoco, pero, o estás enganchado de ella o tienes el síndrome del hermano mayor.

Zane miró por encima del hombro de Adam y vio que Jessica estaba hablando con un hombre que se parecía tanto a Dylan que podría ser su gemelo.

—¿Puede saberse quién es ese?

Adam giró la cabeza y lo miró.

—Es Roy, el doble de Dylan para las escenas peligrosas.

Roy y Jessica estaban en la arena, a la luz de una antorcha y alejados de la gente que empezaba a rodear la barbacoa donde un cocinero preparaba comida a la parrilla.

—Entonces, ¿cuál de las dos es? —le preguntó Adam.

—¿Cuál de qué dos?

Él vio que Jessica se reía por algo que había dicho Roy.

—¿Estás haciendo de hermano mayor? Si no, vas a tener que emplearte más a fondo, vecino, o vas a perder algo especial antes de que sepas lo que te pasa.

Zane miró fijamente a Adam. No tenía ni idea de lo que estaba hablando, no tenía ni idea de cuánto había amado a Janie, no tenía ni idea de que no podía superar lo que había pasado. Había intentado una y otra vez plasmar sus sentimientos en una canción y honrar su amor por Janie, pero no lo había conseguido.

—Ya he perdido...

—No me refiero al pasado, Zane —le interrumpió Adam—, me refiero al futuro.

El olor a fresa le había anunciado la presencia de Jessica incluso antes de que hubiese dicho una palabra. Sentía un hormigueo por dentro cada vez que ella se acercaba. Jessica se sentó a su lado y él tuvo que hacer un esfuerzo para no hinchar el pecho.

—Hola, Jess —le saludó Zane—. ¿Te diviertes?

—Claro. Estoy conociendo a gente estupenda. Ha sido un detalle que Dylan me invitara. Perdóname si te he abandonado.

—No pasa nada —Zane dio un sorbo de la botella—. Yo paso el rato entreteniendo a Adam.

Jessica miró a Adam con las cejas arqueadas.

—Es muy fiestero últimamente —le explicó Adam metiéndose la mano libre en el bolsillo.

Zane se bebió lo que le quedaba de cerveza. No estaría allí si Jessica no hubiese cambiado de opinión.

—Vamos, Jess. Ya están sirviendo la comida y me apetece un poco de pollo a la barbacoa.

—¿Nos acompañas, Adam? —le preguntó ella.

—No. Os veré más tarde en la mesa. Antes voy a beber algo más.

***

Se quedaron hasta muy tarde en la fiesta. Zane estaba machacado, había superado su límite de alcohol hacía una hora y, en ese momento, ella intentaba sacarlo del coche como podía.

—Agárrate a mí —le propuso Jessica alargando los brazos dentro del coche.

—Encantado, cariño.

Él le rodeó los hombros con un brazo y estuvo a punto de tirarla encima de sus rodillas.

—¡Zane!

Él dejó escapar una carcajada.

—No tienes gracia.

—Tú… Tú tampoco… —replicó él.

Después de maniobrar unos segundos, Jessica consiguió incorporarlo.

—Eres muy guapa…

Ella puso los ojos en blanco y pasó por alto su comentario.

—Por favor, intenta concentrarte —tenía que lidiar con noventa kilos de puro músculo—. Zane, apóyate en mí e intenta no tropezarte. ¿Preparado?

Él asintió con la cabeza y todo su cuerpo se inclinó, alejándose de ella, que consiguió agarrarlo de la cintura con todas sus fuerzas. Si lo soltaba en ese momento, sería un desastre.

—No hagas movimientos bruscos.

Parecía como si él estuviese contento por algo y a ella le alegraba que alguien estuviese disfrutando. Cuando le pareció que estaba estable, dio un paso detrás de otro. Consiguió entrar en la casa con su cuerpo pegado al de ella y con un brazo en su hombro. Ya no le quedaban casi fuerzas cuando llegaron a la cama de él.

—Muy bien. Ahora, voy a soltarte.

—No…

—¿Por qué? ¿Estás mareado?

Él negó con la cabeza y le rodeó el hombro con más fuerza. Estaba atrapada en su calidez y sus ojos se aclararon cuando los miró. Había desaparecido esa especie de velo que parecía tenerlo aturdido.

—No. Me siento muy bien porque estás aquí conmigo, porque no puedo quitarte de mi cabeza.

Se sentó como si no pudiera aguantar su propio peso y la arrastró consigo. Ella cayó en la cama y el colchón suspiró.

—Estás bebido.

—Ya no tanto.

Él le apartó el pelo de la nuca con delicadeza. Le pasó los dientes por lo más alto del cuello y ella se quedó sin respiración.

—Qué deprisa se te ha pasado… —susurró ella sin poder pensar algo coherente.

Que su maravillosa boca se tomara esas libertades con su cuello era como estar en el paraíso.

—Sé cuándo quiero algo.

Sus mordisquitos eran embriagadores e inclinó la cabeza para ofrecerle todo el cuello.

—¿Qué… Qué quieres?

Le tomó la barbilla con la mano sana, le giró la cabeza y la besó con firmeza, prendió la mecha de unos fuegos artificiales que empezaron en la cabeza y bajaron por todo el cuerpo hasta el abdomen.

Se dio la vuelta hacia él y le correspondió al beso con el brazo alrededor de su cuello. Olía a macho y su olor se mezclaba con el del whisky. Notó que se le endurecían los pezones bajo la tela del vestido.

—Quiero besarte una y otra vez —murmuró él contra sus labios—. Quiero acariciar tu cuerpo y que acaricies el mío. También te necesito... con toda mi alma, cariño.

Vaya, vaya, vaya... La atracción física era como un imán enorme. No podía resistirse a su fuerza y Zane no le dio tiempo para que lo rechazara. Empezó a desabotonarse la camisa con la mano izquierda, pero no consiguió soltarse el botón y ella tuvo que acudir al rescate.

—Déjame...

Le apartó las manos y acabó la tarea en un abrir y cerrar de ojos. Una vez abierta la camisa, su pecho era una obra de arte; musculoso y bronceado. Anhelaba tocarlo, poner las manos exactamente donde él quería que las pusiera. Tomó aire y lo soltó, extendió las palmas de las manos sobre su piel ardiente y húmeda, se deleitó con cada centímetro, desde la cintura hasta el torso, donde puso sentir el vello bajo las yemas de los dedos.

Un gruñido gutural retumbó en la habitación y ella no supo quién lo había emitido, hasta que miró los ojos de Zane velados por el deseo. Estaba ardiendo y tenía la respiración entrecortada. La combinación de todo eso fue suficiente para que un calor abrasador se adueñara de todo el cuerpo de ella.

–No podemos… –susurró Jess.

Zane y ella estaban intentando cicatrizar las heridas, pero no le parecía lo bastante fuerte como para sofocar las sensaciones que los llevaban a ese estado desenfrenado.

Quizá eso fuese lo que necesitaban los dos. Una noche… Volvió a besarla mientras se tumbaba en la cama y la arrastraba con él. Quedó a su lado, pero él le pasó un brazo por debajo de la cintura y se la puso encima. Esa fue su respuesta; sí podían. Le tomó la cara con la mano sana y la miró a los ojos.

–No lo cuestiones, Jess. Al menos, si es lo que deseas en este momento.

Ese era Zane, el hombre que ya no hacía planes para el futuro, el hombre que había dicho que, algunas veces, era mejor no saber adónde iba. Ella, desde luego, no tenía ni idea de lo que le deparaba el futuro o adónde iba desde allí.

Sin embargo, sí sabía que quería esa noche.

¿Cómo no iba a quererla? Tenía los pechos aplastados contra el pecho de Zane, le temblaba el cuerpo y estaba dispuesta para todo lo que se avecinara. Zane era un hombre bueno e íntegro que, además, también era sexy hasta decir basta, pero que había sido el marido de… Dejó de pensar, podría disuadirse a sí misma.

–Es lo que quiero.

Él esbozó una sonrisa seria y la besó otra vez. Fue un beso delicado y lento para que fuese deshaciéndose en pequeñas dosis. Entonces, se dio permiso para dejarse llevar completamente. Zane le bajó los tirantes del vestido y los pechos quedaron expuestos, sin nada que los ocultara. Los acarició con delicadeza y le pasó un dedo por un pezón erecto que parecía pedirlo a gritos.

Un gemido le brotó de la garganta, cerró los ojos y disfrutó cada segundo de sus atenciones.

—Tienes un cuerpo precioso, cariño.

Entonces, se incorporó para lamerle y succionarle los pezones con avidez y cierta brusquedad. Ella se estremeció cuando sintió una oleada ardiente que le bajaba más allá del abdomen.

—Desnúdate, Jess.

Ella se levantó el vestido por encima de los hombros y él le ayudo a quitárselo del todo hasta quedarse solo con las bragas. Lo tiró al suelo, se sentó a horcajadas encima de él y lo miró a los ojos, que parecían un poco distantes.

—¿Estás segura? —le preguntó él con el ceño fruncido y la voz ronca.

Estaba dándole una escapatoria, pero ya estaba metida hasta el fondo. El cuerpo le vibraba por las caricias y por lo que anticipaba la erección palpitante que notaba debajo. Quería más… lo quería todo. Era la nueva Jess.

—Estoy segura, Zane.

Él resopló con aparente alivio, pero había algo más. Parecía algo indeciso, aunque solo era una sensación que tenía ella, una intuición que le preocupaba en algún rincón remoto de la conciencia. No podía pensar. La nueva Jess no pensaba las cosas, las hacía. Se inclinó para besarlo y los pezones le rozaron el pecho primero. Él se arqueó y ella sonrió con la boca abierta para que su lengua jugara con la de ella. Sus caricias la aturdían y el deseo se disparó. Estaba casi preparada y fue a tomar su cremallera.

–No –él la tumbó de costado con delicadeza y se inclinó sobre ella–. Es posible que pueda hacer algo bien con la mano izquierda.

Ella esbozó una sonrisa, pero Zane se la borró cuando introdujo los dedos por dentro de sus bragas. Dejó escapar un suspiro y él la besó como si quisiera recibir todos sus sonidos mientras la acariciaba con los diestros dedos. Se cimbreaba cada vez más a medida que él era más implacable con los dedos.

–¡Zane! –gritó ella.

Llegó al límite, le temblaban las piernas y le costaba respirar. Se le escapó un grito estridente y Zane la abrazó mientras se le pasaban los espasmos y volvía a la tierra.

–Cariño, busca en el fondo del cajón de la mesilla –le pidió él mientras ella recuperaba la respiración–. Hace mucho tiempo…

Unos segundos después, y con un poco de ayuda de Jess, Zane tenía el preservativo puesto. A ella le daba vueltas la cabeza por la pasión que veía en los ojos de él. No era solo deseo, era algo más, algo que podría recordar con agrado cuando pensara en esa noche. Estaban conectados, lo habían estado siempre y en ese momento todas las fuerzas del universo la empujaban hacia ese hombre.

–¿Preparada?

Ella asintió con la cabeza y le pasó una pierna por encima de la cintura para montarlo a horcajadas. Él le rodeó la espalda con las manos para que se inclinara. Ella se inclinó y él la besó una docena de veces. Instintivamente, se elevó y él la guio hacia abajo hasta que la punta del miembro le rozó la abertura. Jess cerró los ojos.

–Es maravilloso –susurró él mientras la llenaba.

Se movieron al ritmo de las embestidas de él. El corazón se le desbocó. Estaba en el terreno de Zane y le ofreció todo lo que quisiera tomar. Sus besos la volvían loca y era más hábil con una mano que todos los hombres que había conocido con las dos. Recorría su cuerpo con besos delicados, con caricias inesperadas y con un ritmo cadencioso. Era desenfrenado y tierno, dulce y malicioso. Además, cuando aceleró para llegar a una conclusión que, al parecer, no podía prorrogar ni un segundo más, ella explotó con una satisfacción que la sorprendió.

–Caray… –murmuró ella con el cuerpo vibrando todavía.

–Desde luego, caray.

Zane suspiró para transmitirle con un sonido elemental todo el placer que le había dado, la estrechó contra sí y, poco a poco, su respiración fue apaciguándose. Ella cerró los ojos y se deleitó con esa seguridad y serenidad que le ofrecía la noche.

***

Zane abrió los ojos. No tuvo que mirar a un lado para saber que Jess no estaba en la cama. Había oído que salía de la habitación de madrugada. Debería haberla agarrado para retenerla. Si lo hubiese hecho, estaría allí en ese momento y él volvería a acurrucarse con ella.

La dulce Jess. La sexy Jess.

Resopló con fuerza. Todavía notaba los efectos de la noche anterior. El alcohol, esa mujer tan delicada… repasó toda la noche en la cabeza.

Agarró las muletas, que estaban apoyadas en la pared, y se levantó. Salió del dormitorio y fue a la sala con los pantalones que había llevado la noche anterior. Una vez allí, vio a Jess, que estaba mirando el mar apoyada en la barandilla de la terraza con unos pantalones cortos y sexys y una blusa arrugada. Acababa de amanecer y la playa estaba vacía. Era una hora preciosa… y su invitada de pelo dorado hacía que fuese más bonita todavía.

Dejó las muletas junto a la pared y apoyó los brazos en la barandilla atrapándola entre ellos. Ella se quedó de espaldas a su pecho. La brisa le ondeaba el pelo cuando la besó en la nuca.

—Buenos días, Jess. Ojalá no te hubieses levantado, ojalá siguieras en la cama conmigo.

Ella asintió con la cabeza y la apoyó en su hombro.

—No sé qué estamos haciendo —comentó ella en voz baja.

—A lo mejor estamos ayudándonos a que cicatricen nuestras heridas —le mordió levemente el lóbulo de la oreja–. Solo sé que hacía mucho tiempo que no me sentía tan vivo, y que es por ti…

–Solo es porque te recuerdo a…

–Beckon.

No iba a permitir que ella pensara que era una sustituta de su difunta esposa. Él no estaba seguro de que no lo fuese, la transformación de la noche anterior lo había dejado pasmado por lo mucho que se había parecido a Janie, pero no quería que Jess lo creyera. Eso lo convertiría en un canalla.

–Sin embargo, es más que eso, me recuerdas a las cosas buenas de mi vida –añadió él.

–Estás idealizando Beckon. En realidad, no es eso ni mucho menos.

En cierto sentido, los dos estaban en la misma situación. A ella le habían machacado el corazón y, naturalmente, no tenía buenos recuerdos de Beckon. Se reprochaba la muerte de Janie y el remordimiento lo corroía todos los días a todas horas.

–Es posible que tengas razón, cariño.

Los recuerdos eran los que eran y no podía negar que llevaba a Beckon muy cerca del corazón, pero tampoco tenía que ganarle ese asalto a Jessica ese día.

–No lamento absolutamente nada de anoche, salvo que llevaba la maldita bota y la escayola.

Ella se dio media vuelta y captó la atención de él con sus ojos verdes como la hierba fresca.

–¿De nada, Zane?

Él parpadeó por la intensidad del tono, porque parecía importante para ella.

–De nada.

Lo que sí tenía eran dudas, no estaba preparado para nada profundo, ni con ella ni con nadie. La mera idea de tener una relación sentimental le ponía los pelos de punta.

–¿Te arrepientes de lo que pasó anoche? –preguntó Zane, aunque no estaba seguro de que quisiera oír la respuesta.

Ella levantó la barbilla mientras lo pensaba durante una eternidad de segundos.

–Arrepentirse no es la palabra acertada. Creo que tienes razón. Los dos nos necesitábamos el uno al otro.

–No tenemos que ponerle una etiqueta –añadió Zane–. Sencillamente, pasó.

Él quería que volviese a pasar, pero sabía que no era una decisión suya.

–Sin embargo, ¿adónde nos lleva?

–Primero –él inclinó la cabeza hacia la boca de ella–, te daré un beso de buenos días.

La besó con firmeza y ella dejó escapar un ruidito que hizo que él sonriera para sus adentros. Podría besarla hasta la puesta del sol sin cansarse. Se apartó justo cuando ella abrió los ojos con un brillo de calidez. Era muy dulce.

–Luego –siguió él–, si te apetece cocinar, desayunaremos. La señora López no viene los domingos. Después, haremos lo que surja, sin presiones, Jess.

Se había acostado con la hermana menor de Janie y debería estar dándose de cabezazos contra una pared, pero, curiosamente, no estaba haciéndolo y no sabía por qué. ¿Por qué se sentía mejor consigo mismo al estar con Jess y no peor? Él solo podía ofrecerle sus brazos para abrazarla y la calidez de su cuerpo para consolarla, si los necesitaba. No podía seducirla, no sería justo con ella, pero eso no impedía que la deseara.

–Me parece bien, Zane –reconoció ella resoplando con alivio–. Ven a la cocina dentro de media hora.

Él le miró el tentador trasero mientras ella entraba en la casa. Se llevó las manos a la cabeza. Estaba metido en un buen lío. La vida en el 211 de Moonlight Drive no iba a ser nada fácil.

Capítulo Siete

Por fin, dos meses y medio después de haberse caído de un escenario en Los Ángeles, había recibido un informe favorable del médico. El pie se le había curado bien y le habían quitado la escayola. La muñeca había tardado más de lo esperado, pero también se había curado y tampoco estaba escayolada. Jessica estaba casi tan aliviada como él al oír la noticia. Con un poco de fisioterapia, podría volver a hacer la vida normal. Además, ella no tendría que estar tan cerca y tan pendiente de él y podría intentar olvidarse de que hacía dos noches habían hecho el amor.

La nueva Jess ya lo habría dejado atrás, pero todavía le quedaban restos de la vieja Jess y se tiraba de los pelos. Enamorarse se Zane sería una majadería. Él seguía enamorado de Janie. ¿Cómo iba a estar segura de que se había acostado con ella porque sentía algo y no porque se parecía a su hermana?

—Me apetece celebrarlo —comentó Zane mientras ella conducía hacia las verjas de la casa.

—No me extraña, pero todavía no puedes ir a bailar. Todavía tienes que pasar por la fisioterapia.

Ella vio por al rabillo del ojo que él giraba la muñeca.

—Estoy bien, hasta llevo mi propia bota.

Jess dejó de mirar la carretera durante un segundo y le miró las impresionantes botas de piel de serpiente.

—Vives en la playa y se espera que lleves sandalias, incluso se aplaude.

—Podría decir lo mismo de ti —él dejó escapar una carcajada—. Últimamente no te quitas esos llamativos zapatos de tacón.

Era verdad. La nueva Jess llevaba carísimos zapatos de tacón cuando no llevaba, por las mañanas, zapatillas de deporte.

—Sí, tú. Reconócelo. Prefieres ponerte unas botas de cuero sin tacón que esos zapatos con tacones de vértigo que llevas ahora. Aunque a mí no me importa, estás muy bien con esos tacones.

El piropo le había encantado, pero él no podía notar cuánto le había afectado. Se bajó las gafas de sol y lo miró con cara de póquer. Él sonrió. Hacía mucho tiempo que no lo veía tan contento. Era mejor que tener que soportar su mal humor, como el domingo por la tarde, cuando se enfurruñó porque ella había ido a ver una película a casa de Dylan. Cuando volvió, después de las nueve y sin haber cenado con él, tenía el ceño fruncido y estaba distante con ella.

La noche anterior se habían acostado y había sido increíble. Zane tenía que saber que Dylan McKay no le gustaba por muy guapo que fuera. Había ido porque se lo había prometido y porque tenía que alejarse un poco de Zane para aclararse las ideas. Aun así, se había pasado esa tarde y esa noche preguntándose si no habría cometido un error al ir a casa de Dylan.

–¿Sabes lo que me apetece hacer? –preguntó Zane abriéndose paso entre sus pensamientos.

–Miedo me da preguntártelo.

–Me apetece darme un baño.

–¿En el jacuzzi? Es una buena idea. Seguro que el agua caliente…

–En el mar, Jess. Esta noche, después de la cena.

Cruzaron las verjas y siguieron por el camino que serpenteaba hacia la casa.

–No me parece prudente, Zane. No deberías forzarlo, acabas de…

–Voy a hacerlo, Jess –le interrumpió él con firmeza–. He estado demasiado tiempo encerrado.

Entraron en el garaje y apagó el motor.

–Lo entiendo, pero no voy…

No iba a gustarle lo que iba a decirle.

–¿No vas…?

–No voy a estar después de la cena.

–¿Vas a ir de compras otra vez?

Podría contarle una mentira fácilmente, pero no iba a mentirle a Zane.

–No, me han invitado a casa de tu vecino.

–¿A casa de Dylan otra vez? –preguntó Zane con los labios apretados.

–De Adam Chase.

–¿Vas a casa de Adam esta noche? –le preguntó Zane entrecerrando los ojos.

–La otra noche no le dejé otra alternativa. Estaba hablándome de sus obras de arte nuevas y le di a entender que me gustaría verlas. Supongo que solo quería ser amable al invitarme.

Ella se había quedado un tanto sorprendida por la invitación porque, según Zane, Adam no invitaba casi nunca a nadie.

—Efectivamente, Adam es la amabilidad personificada —replicó Zane con los ojos cerrados.

—¿No te lo parece?

—Creo que es un genio —Zane resopló—, pero no sé gran cosa de su vida personal.

—Yo tampoco quiero saber nada de su vida personal —Jess quería encontrar una explicación que le borrara ese gesto de censura—. Es que soy curiosa, a la profesora que llevo dentro le encanta aprender.

Habían estado eludiendo con cuidado lo que había pasado entre ellos, como si ninguno de los dos quisiera sacar el tema. Entonces, ¿cómo iba a reconocer que preferiría quedarse en casa con él? Si pasaba demasiado tiempo a solas con él, acabaría siendo desastroso. Quería mucho a Zane y le parecía el hombre más impresionante que había conocido, pero no podía volver a ser tan necia, según él, solo se trataba de cicatrizar heridas, ¿no?

—También estoy segura de que a Adam no le importaría que me acompañaras.

—Yo ya he visto su casa, Jess —Zane tomó el picaporte de la puerta—. Ve tú y diviértete.

Ella no se lo creyó ni remotamente, pero mantuvo la boca cerrada y rodeó el coche a toda velocidad cuando él abrió la puerta de su lado. Zane apoyó el pie sano, se agarró de los costados del coche y se levantó.

—Apóyate en mí —se ofreció ella.

—Me apañaré solo.

Ella se apartó y él caminó lentamente, pero por sus propios medios. Mientras entraba en la casa sintió que un vacío sombrío se adueñaba de ella. Quería que Zane la necesitara, o, mejor dicho, era posible que quisiera a Zane sin más. En cualquier caso, fuera lo que fuese, era imposible. Nadie sabía cuánto tiempo tardaría Mariah en volver, pero, por primera vez, esperaba que fuese poco.

—Hasta luego, Zane. No tardaré.

Estaba empezando a captar los matices que la diferenciaban de su hermana. Su tono tenía cierta dulzura y desenfado que hacían que solo pensara en cosas buenas.

Jess tomó las sandalias con una mano y la levantó para despedirse. Él también levantó la mano mientras veía que desaparecía en la playa. Estaba decidida a ir, pero le había visto cierta indecisión en los ojos, como si hubiese esperado que él le hubiese pedido que se quedara. La deseaba y su cuerpo recién curado estaba excitado casi todo el tiempo cuando ella estaba cerca, pero se había contenido, había dejado que fuese a casa de otro hombre en vez de dejarse llevar por el deseo .

¿Era un idiota o estaba siendo inteligente?

Sonó su teléfono móvil y lo sacó del bolsillo.

—¿Dígame?

—Hola, Zane, soy Mae.

La madre de Jessica.

—Hola, Mae, que sorpresa tan agradable.

—Eso espero, Zane. ¿Qué tal estás?

—Mejor. Me han quitado la escayola y estoy curándome muy bien. ¿Qué tal estás tú, Mae?

—Podría estar mejor. Ya sabes que me preocupo por todo y estoy preocupada por Jess. No sé nada de ella desde hace tres días. Normalmente, me llama todos los días o cada dos días como mucho. No hemos conseguido conectar durante el fin de semana y no me ha contestado la llamada que le he hecho hoy. Me preguntaba si le habría pasado algo y me ha parecido que lo mejor sería preguntártelo a ti.

—Pues puedo asegurarte de que está bien.

—¿De verdad?

—De verdad.

—Es un alivio. Creí que se quedaría hundida después de que le diera la noticia. Mi querida niña lo ha pasado mal este último mes.

—¿Qué noticia, Mae?

—No podía ocultárselo a mi niñita, no podía decírselo alguien que no fuera su madre. ¿Puedes imaginarte que Judy, su dama de honor, se haya fugado con Steven para casarse con él? Había sido como una más de la familia cuando eran más jóvenes. ¿Y Steven…? Creía que lo conocía. Me gustaría darles una paliza por el daño que le han hecho a mi hija.

103

Él cerró los ojos con un gesto crispado y deseó con toda su alma poder decirle cuatro cosas a ese mamarracho.

—Espera un minuto, Mae —a Zane se le ocurrió una cosa—. ¿Cuándo se lo dijiste a Jess?

—Veamos… Tuvo que haber sido el jueves. Sí, me acuerdo porque yo estaba en la peluquería y fue la comidilla de todos. Me sentí tan mal cuando me enteré que me marché con el pelo mojado, sin que me lo peinaran siquiera. Solo podía pensar en Jess y en cómo se tomaría la noticia. Sin embargo, me sorprendió su reacción cuando se lo conté. Parecía tranquila. ¿Le has notado algo distinto últimamente?

Claro que se lo había notado. Se había teñido el pelo de rubio, se había deshecho de las gafas y había empezado a llevar ropa provocativa. ¿Era rebeldía o, peor aún, había decidido olvidarse de la prudencia y…?

Ella había entrado en la habitación el día de la fiesta y él le había dicho que se parecía a Janie en un tono de censura absoluta. Si era sincero consigo mismo, se había excitado al ver ese lado atrevido de Jess, y no había sabido cómo manejar su reacción a ella. Ella había estado a punto de no ir a la fiesta por el mal rato que le había hecho pasar por su aspecto, y estaba impresionante. Además, se había puesto celoso porque no podía tenerla y tampoco quería que otro hombre la persiguiera.

—Zane, te he preguntado si Jessica se ha comportado de una forma distinta últimamente.

–Ha estado ocupada, Mae. Según ella, le gusta el trabajo. Además, también ha hecho algunos amigos y parece que encaja muy bien. Sin ir más lejos, en este momento está visitando a mi vecino. Le diré que has llamado cuando vuelva.

–Me alegro, Zane. Ya sabía que le vendría bien pasar un tiempo contigo.

Zane hizo una mueca. Se había acostado con la hija de Mae y si se salía con la suya, volvería a hacerlo. Tenía la cabeza hecha un lío y lo único que entendía era que Jess estaba en su casa y que estaba alterándolo. No debería gustarle.

Treinta minutos más tarde, cuando ya había terminado de hablar con Mae, se sentó con la guitarra y la rasgueó un poco para volver a sentir el instrumento entre las manos y acostumbrarse a la tensión de las cuerdas. Tenía palabras que le daban vueltas en la cabeza, una letra que empezaba a salir y fue escribiéndola y encajándola con los acordes. Al principio, la púa le producía una sensación rara, pero insistió. No podía dejar de pensar en Jess y en lo que le había contado Mae. Quería protegerla y también la deseaba. Tenía que hacer algo y solo un baño en el mar le aclararía la cabeza y le enfriaría el cuerpo. Unos minutos más tarde, con el traje de baño puesto, se acercó hasta la orilla y se zambulló.

Después de una agradable visita a Adam, y de haber declinado su oferta de acompañarla a casa, fue a cruzar sola la playa. Cuando entró en la casa, todo estaba en silencio. Estaba demasiado silenciosa para la hora que era. Zane no se acostaba nunca antes de las diez.

—¿Zane? ¿Dónde estás?

Silencio.

—Zane...

Fue al despacho, a la cocina y a su dormitorio. No había ni rastro de él. Suspiró y sacudió la cabeza. Habría ido a darse un baño en el mar.

Fue a su cuarto, se desvistió y se puso el traje de baño. En su precipitación para deshacerse de la vieja Jess, había tirado los bañadores de una pieza que había llevado desde Texas y solo le quedaba el atrevido biquini que se había comprado. Se lo puso y también se puso una camiseta. Sin esperar un segundo, tomó la linterna, bajó las escaleras y salió por la puerta corredera. Si tenía suerte, se encontraría a Zane.

La toalla de Zane estaba en la playa y eso significaba que él también tenía que estar por algún lado. Dirigió la linterna hacia el mar y entrecerró los ojos para intentar distinguir las formas.

—¡Zane! ¡Zane!

No podía encontrarlo. Se mordió el labio inferior y recorrió la playa iluminando el agua con la linterna. Vio algo. ¿Era una cabeza que subía y bajaba en el agua? Apuntó con la linterna e intentó distinguirlo. Efectivamente, había alguien ahí. Entonces, la figura desapareció como si se la hubiese tragado el mar. Entró corriendo en el agua.

–¡Zane! –gritó ella.

Él no podía oírla y estaba donde no hacía pie. Esperó unos segundos interminables para que reapareciera mientras rezaba. No podía ver gran cosa, solo veía lo que le permitían la luz de la luna y de las estrellas, pero podía localizar el punto exacto donde lo había visto hundirse.

–¡Zane! ¡Por Dios!

Sin esperar un segundo más, se zambulló y luchó contra la marea. Nunca había nadado tan deprisa y sus ojos intentaban concentrarse en el punto donde lo había visto. Casi había llegado, solo le faltaban unas brazadas más. Entonces, oyó un estruendo y levantó la mirada. Una ola enorme se acercaba hacia ella. La alcanzó en plena brazada y salió por el aire antes de caer boca abajo contra el mar, que le pareció duro como una losa de granito. Las olas la zarandearon mientras intentaba tomar aire hasta que, unos segundos después, sintió que la levantaban y que sacaba la cabeza del agua. Se quedó boquiabierta.

–Jess…

Zane había ido a por ella. Mientras intentaba tomar aire, él la arrastró hasta las aguas poco profundas nadando de espaldas y manteniéndole la cabeza sobre el agua. Cuando pudo ponerse de pie, la tomó en brazos y la llevó a la playa. La tumbó con cuidado en la arena seca y los granos le arañaron la espalda.

Él se arrodilló a su lado con la respiración entrecortada y sacudiendo la cabeza.

—Me has dado un buen susto —Zane le apartó el pelo de la cara y vio la preocupación reflejada en sus maravillosos ojos—. ¿Estás bien?

—Sí. Me había quedado sin respiración.

—Casi te ahogas, cariño. ¿Puede saberse qué estabas haciendo?

—Salvarte —contestó ella en voz baja—. Creí haber visto que te hundías.

Zane la miraba con calidez, una calidez que impedía que se le congelaran las gotas de agua en el cuerpo. Sus manos también hacían maravillas, le acariciaban las mejillas y le daban un calor que jamás le había dado un hombre.

—¿Quieres decir que creías que estaba ahogándome y has arriesgado la vida para salvarme? —preguntó él con la voz ronca.

Ella asintió con la cabeza.

—Ese no era yo, cariño.

—¿No? Vi que alguien se hundía y estuve convencida de que estabas bañándote.

—Me bañé, pero duré diez minutos. Seguramente, lo que viste eran leones marinos. Suelen acercarse a las aguas poco profundas durante la noche. Los he visto asomar la cabeza y hundirse. Supongo que, en la oscuridad, pueden parecer un bañista.

—Entonces… ¿cómo me encontraste tú?

—Di un paseo después del baño. Afortunadamente, volví cuando estabas llamándome y tardé un segundo en imaginarme dónde estabas.

Empezó a frotarle los brazos y las piernas. Estaba helada, pero eso no impidió que reaccionara a sus caricias. La calidez fue extendiéndose por todo su cuerpo y dejó escapar un murmullo que hizo que Zane desviara la mirada a sus labios.

—Me gusta —comentó ella.

—Qué me vas a decir a mí… —replicó él con una sonrisa.

Sus manos le daban calor y la piel estaba sensibilizada por su contacto. Estaba entusiasmada porque él no se había ahogado y agradecida porque la había salvado, pero, en ese momento, sentía algo más, mucho más.

—Gracias, Zane.

Ella le tocó el hombro y notó que tenía la piel fría. Sus ojos tenían un brillo que la invitaban a seguir. Con osadía, le rodeó el cuello con los brazos y lo atrajo hacia sí. La boca de él se quedó a unos centímetros de la de ella.

—Te echaría un rapapolvo —comentó él–, pero tendrá que esperar.

—¿De verdad?

—Sí, creo que estás a punto de besarme.

—Qué listo…

Jess introdujo los dedos entre su pelo tupido y mojado y le bajó la cabeza hacia sus labios. Tenía un sabor cálido, tentador y salado. Su beso la estremeció y separó los labios. Él acometió dentro y la besó una y otra vez con besos abrasadores. Cuando dejó de besarla, un deseo palpitante se había adueñado de todo su cuerpo.

—Zane…

—Tengo que llevarte dentro…

No tuvo que terminar para que ella lo entendiera. Les detendrían si se dejaban llevar por sus impulsos en la playa.

–¿Puedes andar? –le preguntó él.

–Sí, con tu ayuda.

–Vaya, parece que uno de nosotros siempre tiene que ir apoyado en el otro.

Ella sonrió. Zane se levantó y entrelazó las manos con las de ella. La ayudó a levantarse con suavidad. El suelo no le dio vueltas… bueno, menos por la mirada abrasadora de Zane.

–La verdad es que me siento muy bien.

–Me alegro de oírlo –él le dio un beso en el lóbulo de la oreja–. ¿Preparada?

–Preparada.

Agarrados el uno al otro, caminaron por la arena y subieron los escalones que llevaban a la casa.

Una vez dentro, Zane la empujó con delicadeza hasta que la tuvo contra la pared de la sala. La atrapó allí con el cuerpo palpitante y una mirada tan abrasadora que podría incendiar la casa.

–¿Vas a echarme un rapapolvo?

Él dejó escapar una carcajada amortiguada. A ella se le aguzaron los sentidos. Era un hombre sexy como ningún otro.

–Ya lo sabes, Jess.

Él le miró la camiseta mojada y pegada al cuerpo y suspiró como si le doliera.

–¿Sabes lo increíblemente perfecta que eres?

Él le rodeó la cintura y una calidez estremecedora le atravesó la camiseta para calentarle la piel.

–No lo soy…

–Sí lo eres –Zane le recorrió el cuello con los labios–. No puedes permitir que tu vida cambie por lo que te hicieron esos dos. Ese hombre era el hombre más necio del mundo.

–¿Qué quieres decir con «esos dos»? –preguntó ella quedándose inmóvil.

Los labios de Zane estaban haciéndole maravillas en el cuello y le costaba pensar con su cuerpo pegado al de ella. Tenía los pezones endurecidos y reclamaban sus caricias a través del biquini.

–Zane…

Él dejó de besarla y se apartó lo suficiente como para poder mirarla a los ojos.

–Bueno… Tu madre llamó mientras estabas fuera. Estaba preocupada por ti y… y me contó que Steven se había fugado con una amiga tuya.

Se quedó sin respiración. Habría preferido que su madre no le hubiese contado la última humillación. Se sentía vulnerable, como si no le quedara dignidad alguna.

–Tienes todo el derecho del mundo a sentirte dolida, Jess, pero no dejes que eso cambie a la persona que eres.

–¿Crees que eso es lo que estoy haciendo?

–¿No lo es? Te has cambiado el pelo y llevas lentillas. También te vistes de una forma distinta. No me interpretes mal. Estás muy guapa, cariño, pero también lo estabas antes.

Era un tópico, una manera de hacer que se sintiera mejor consigo misma.

–Necesito este cambio.

Las lágrimas le nublaron los ojos. Lo necesitaba de verdad, necesitaba mirarse en el espejo y verse como una mujer fuerte e independiente, como una mujer con estilo y confianza en sí misma. Necesitaba ver esa transformación más que cualquier otra cosa.

–Lo entiendo…

Zane la abrazó, pero como un amigo. Ella volvió a sentirse segura y protegida, cuando estaba con él, todos sus problemas le parecían banales.

– …pero prométeme una cosa.

–¿Qué?

–No intentes encontrar con otro hombre lo que necesitas tú. Me vuelve loco.

¿Le volvía loco? El dolor que se reflejaba en sus ojos y la intensidad de su voz dejaban muy claro lo que quería decir.

–¿Te refieres a Dylan y Adam? Ya te dije que no son…

Él la silenció con un beso y su cuerpo reaccionó al instante, se le puso la carne de gallina.

–Tú también me vuelves loco.

Empezó a subirle el borde de la camiseta y ella levantó los brazos mientras le sacaba la prenda mojada por encima de la cabeza. Zane bajó la mirada a sus pechos antes de que le recorriera todo el cuerpo cubierto solo por un diminuto biquini de la nueva Jess. Él tomó aire ruidosamente.

–A partir de ahora, dulce Jess, quiero ser el hombre al que acudirás cuando necesites algo.

–¿Algo así como el consuelo a mi despecho?

–Llámalo como quieras.

Ella no tenía que pensárselo dos veces. Zane hacía que se esfumaran todos los pensamientos peyorativos que había tenido sobre sí misma y cualquier dolor que hubiese sentido por Steven. Hasta había recuperado algo de dignidad. El tren de Steven se había marchado y no iba a desperdiciar ni un segundo más pensando en él. Sobre todo, cuando Zane estaba ofreciéndole la luna.

Él sí era un hombre de verdad.

Si había tenido alguna duda sobre lo que sentía por él, se había disipado en cuanto creyó que estaba ahogándose. Se había lanzado a salvarlo mientras rezaba a Dios para que no se lo arrebatara. Además, no iba a sentirse mal por eso ni a darle explicaciones a nadie. Lo deseaba, estuviese prohibido o no.

–Lo prometo…

–¿En tu cuarto o en el mío? –le preguntó Zane tomándole las manos.

–En ninguno –contestó ella con seguridad y sin atisbo de inhibición–. Creo que necesitamos una ducha caliente para entrar en calor, ¿no?

–Siempre que pueda quitarte ese biquini…

Capítulo Ocho

Quitárselo fue una tortura deliciosa. El vapor se elevaba mientras los chorros de la ducha caían y la calentaban.

—Eres preciosa, Jess.

La besó en la boca mientras introducía las dos manos por debajo de la parte superior del biquini y dejaba escapar un gruñido de placer. Ella le rodeó el cuello con los brazos y siguió besándolo mientras él le desabrochaba el traje de baño para liberarle los pechos. Le pasaba los pulgares por los pezones erectos y tuvo que contener un grito.

Era increíblemente delicado, pero implacable en su decisión de que gozara. Cuando le bajó la parte inferior del biquini con manos temblorosas, ella se sintió deseable y poderosa, como no se había sentido jamás. Arqueó el cuerpo hacia el de él cuando la agarró por la espalda mientras la besaba en el cuello. Le tomó un pecho con la boca y se lo succionó. Entonces, sí gritó, pero esos sonidos de placer quedaban ahogados por el estruendo de la ducha. Hizo lo mismo con el otro pecho y no pudo soportarlo casi.

—¿Ya has entrado en calor? —le preguntó él.

—Estoy en ello.

—Te ayudaré.

Zane tomó una pastilla de jabón y la enjabonó de los pies a la cabeza. No se olvidó del más mínimo rincón y dedicó una atención especial al rincón entre las piernas, se lo acarició hasta que ella gimió.

—Ah… Ah…

Jess pensó que todas las mujeres deberían ducharse así aunque solo fuera una vez en sus vidas. Sonrió, apretó los dientes y se deleitó con el placer que él le daba. Le acarició el trasero apreciando mejor su redondez. Tenía el miembro duro y palpitante contra el abdomen de ella. Se estremeció porque no podía resistir ni un segundo más y unas oleadas cálidas y placenteras la pegaron a él para siempre. Zane la besó y ella pudo paladear el sabor erótico de su pasión.

¡Caray! Jamás había tenido un orgasmo como ese. Se aferró a él y dejó que la intensidad de los sentimientos la devoraran por dentro.

—¿Te ha gustado, cariño?

—Mucho…

Ella notó que él sonreía y el corazón estuvo a punto de estallarle. Fue descendiendo a lo largo de su cuerpo, le pasó la boca y los pechos por el torso y el abdomen hasta que le tocó la erección rampante.

—Jess…

La agarró del pelo y la ayudó a moverse a lo largo de él. El agua le caía en la espalda, era arrebatadoramente sexy y cuando terminó se levantó para encontrarse con él, quien tenía un brillo en los ojos como si fuese un lobo que iba a devorar a su presa. Podría haberle asustado si no hubiese sido Zane. La levantó en el aire y ella, instintivamente, le rodeó la cintura con las piernas.

–Aguanta –murmuró agarrándola con fuerza.

Se aferró a él y su miembro fue entrando en ella hasta llenarla con una delicadeza contundente. Tenía paciencia y estaba preparado… Jess empezó a moverse para transmitirle que estaba dispuesta a hacer lo que él quisiera. La caída de las gotas marcó el ritmo de las acometidas. Se arqueó y entró más profundamente.

–Ah… –suspiró ella–. Es maravilloso.

Él la besó en el cuello y los pechos mientras seguía acometiendo cada vez con más fuerza.

Era increíble, jamás había hecho el amor así, el corazón se le salía del pecho y gritó con suavidad.

–Oh… Zane…

Él tenía los ojos ardientes clavados en ella, esperó a que bajara del cielo y volvió a acometer con un ritmo acelerado que Jess siguió porque quería que él gozara tanto como ella. Unos sonidos guturales brotaron de su garganta y supo que él estaba cerca. La penetró una última vez y llegó a alcanzarle la esencia misma de su feminidad. Entonces, los espasmos de su orgasmo la alcanzaron por dentro hasta que estuvo plenamente saciado.

La llevó consigo, se sentó en el banco de piedra de la ducha y la besó por toda la cara y el cuello.

–¿Estás bien, cariño? –le preguntó él mientras le apartaba el pelo de la cara.

Estaba rebosante de felicidad.

—Ha sido maravilloso, Zane.

—Es verdad, lo ha sido.

Ella le acarició la barba incipiente. Él le tomó la mano y le dio un beso en la palma.

Era una noche perfecta, bueno, si no se contaban esos minutos cuando había creído que Zane estaba ahogándose.

—Tienes que estar cansado —comentó ella al darse cuenta del esfuerzo que había hecho.

—Dispuesto a irme a la cama contigo —replicó él, arqueando una ceja.

—Buena idea…

No quería que terminara la noche, ya no le importaba lo que pudiera pasar al día siguiente, estaba viviendo el presente y ese presente había sido impresionante.

Zane la levanto de sus rodillas y agarró dos toallas enormes. La secó con calma, dándole besos en distintas partes de su cuerpo y excitándola. Ella hizo lo mismo y lo provocó con la boca.

Entraron en el dormitorio limpios, secos y agotados. Ella fue a dirigirse hacia la puerta, pero él la agarró de la cintura.

—¿Adónde crees que vas?

—A mi cuarto, necesito mi camisón…

—No, no lo necesitas. Ven a la cama, te prometo que no pasarás frío.

Jessica abrió los ojos en la enorme y cómoda cama de Zane. Acababa de amanecer y el habitual cielo cubierto no dejaba que entrara mucha luz en el dormitorio. Zane le acarició la cadera posesivamente. Ella estaba empezando a acostumbrarse a sus caricias y ronroneó como un gatito ante un cuenco con leche.

–Te doy el día libre – murmuró él.

–Mmm… –era una idea muy tentadora–. Tengo trabajo…

–Puede esperar, Jess. Quiero pasar el día contigo.

–Ya lo haces…

Él le mordió el lóbulo de la oreja y le dio unos besos en la nuca mientras bajaba una mano por debajo de su abdomen.

–No como quiero pasarlo.

La noche anterior habían hecho al amor dos veces, algo increíble y aterrador a la vez. Pensaba en el futuro cada dos por tres a pesar de la férrea decisión de vivir el presente. Se estremecía y un pánico repentino se adueñaba de ella. ¿Qué estaba haciendo? ¿Adónde llevaba todo eso? No habían usado un preservativo en la ducha, aunque ella, más o menos, tomaba medidas. Se había saltado unos días por la consternación de la boda cancelada, pero había vuelto a tomar la píldora cuando llegó allí.

Se giró hacia Zane y le rodeó el cuello con los brazos.

–¿Qué tienes pensado?

Él la besó y la abrazó con más fuerza.

–Un día de diversión. Podemos salir de aquí y divertirnos.

Le cayó un mechón por la frente. Parecía un niño pequeño en muchos sentidos, un niño que quería hacer novillos.

—Tú eres el jefe —susurró Jess.

—No soy tu jefe —replicó él con delicadeza—. No cuando se trata de esto…

Empezó a besarla por el hombro, el cuello y la barbilla. Hasta que paró de repente, se apartó y la miró con un gesto serio.

—¿Te gustaría pasar el día conmigo?

—Sí —ella le tiró del mechón de pelo—. Claro que sí, tonto.

—Entonces, será mejor que nos levantemos y nos duchemos. Tú primero. Si volvemos a ducharnos juntos, nunca saldremos de aquí. Aunque pensándolo bien…

Ella se rio y se levantó de un salto.

—Voy la primera.

Una hora después, Zane estaba al volante del todoterreno y salían por las verjas de la casa.

—Me gusta volver a conducir. Me espantaba sentirme inútil y tener que depender de alguien para que me llevara a los sitios.

Varios días sin afeitarse le habían dejado una barba corta y sexy y esa nueva imagen la excitaba, como todo lo relacionado con él. Sentía un hormigueo por todo el cuerpo solo de pensar en la noche anterior.

Él le había dicho que se pusiera unas botas y unos vaqueros y que no preguntara a dónde iban a ir. Quería darle una sorpresa. Le hizo caso, se puso ropa cómoda y, en ese momento, miraba el impresionante paisaje mientras se alejaban del mar y ascendían por una carretera de montaña. Era un escenario propicio para la conversación ligera y la música suave. Zane cantaba las canciones de la radio con su voz grave y melodiosa. Ella y no pudo evitar sonreír. Media hora más tarde, estaban en lo alto de la montaña, en una amplia casa de estilo ranchero.

—¿Dónde estamos? —preguntó ella.

—En el rancho Ruby, que es de mi amigo Chuck Bowen y su madre.

Ella miró alrededor y vio corrales con vallas blancas, viñedos a lo lejos y hectáreas de tierra ondulante y salpicada de árboles. También oyó el relincho y el resoplido de unos caballos.

—Vamos.

Zane se bajó del coche y lo rodeó para ayudarla a salir. Le tomó la mano con esa expresión de niño pequeño emocionado.

—Vamos a montar a caballo.

No había montado un caballo desde que era adolescente.

—¡Qué bien!

Zane se rio y le dio un beso en la punta de la nariz.

Una mujer de cincuenta y tantos años y el pelo rojo salió de la casa. Era impresionante y llevaba una ropa de estilo vaquero que parecía sacada de un desfile de moda.

—Hola, Ruby —la saludó Zane.

–Hola, Zane. Me alegro de verte otra vez.

Zane tomó a Jessica de la mano mientras se dirigía hacia la casa. Ruby clavó la mirada en sus dedos entrelazados antes de sonreírles.

–Ruby, te presento a Jessica Holcomb. Jess, te presento a Ruby Bowen. Chuck y ella son los propietarios de este sitio increíble.

–Hola –le saludó Jessica–. Es un sitio precioso. ¿Tenéis viñedos?

–Gracias. Sí, cultivamos uvas y criamos caballos. Es una mezcla rara. No embotellamos el vino aquí, somos demasiado pequeños, pero sí tenemos nuestra propia etiqueta. Es divertido y trabajoso y nos mantiene muy ocupados.

–No me extraña –comentó Jessica.

–Conocí a Ruby y a Chuck hace seis meses en una subasta benéfica –intervino Zane–. Como son tejanos, me ofrecieron sus establos para cuando quisiera montar a caballo.

–Claro. Tenemos más de cuatrocientas hectáreas y muchos caballos que tienen que hacer ejercicio. Nos imaginábamos que Zane podía sentirse como un pez fuera del agua en la playa. Nos alegramos de que aceptara nuestra oferta. Chuck está en el pueblo y volverá tarde. Sentirá no haberte visto, pero, por favor, sentíos como en vuestra casa. Los establos están ahí y Stewie, nuestro capataz, está esperándoos. Os encontrará algo a vuestra medida.

–Gracias, Ruby.

Diez minutos más tarde, Jessica iba a lomos de una dócil yegua alazán que se llamaba Adobe y

Zane montaba un caballo algo más alto y negro de nombre Triumph. Se alejaron por un sendero que se adentraba suavemente a lo largo de un arroyo.

—No ha llovido últimamente —comentó Zane—. Seguramente, me imagino que este arroyo está un poco seco…

—Pero, aun así, es un sitio precioso.

—Lo es. ¿Echabas de menos montar a caballo?

Zane llevaba una gorra de béisbol, pero no podía disimular que era un cowboy de los pies a la cabeza.

—Sí —reconoció ella—, me encantan los caballos.

—A mí también.

Era un asunto espinoso y Jess no quería insistir. Zane había abandonado su tierra después del incendio que se cobró la vida de Janie y su hijo. Los terrenos seguían como se quedaron. Eran muchas hectáreas cercadas que estaban echándose a perder. Él no había tenido al valor de demoler lo que había quedado de la casa y de renovar la tierra, había vendido el ganado a través de un intermediario y no había hecho nada más.

Zane, devastado, se había desterrado para alejarse de unos recuerdos insoportables y había sido una pérdida muy dolorosa para los habitantes de Beckon, quienes estaban muy orgullosos de su hijo predilecto, de un cantante cuyo talento lo había hecho muy famoso. No tenía admiradores más incondicionales en todo el mundo.

—Estoy muy contenta de que me hayas traído aquí, Zane.

Él la miró con detenimiento, como si estuviese intentando descifrar un acertijo.

—Yo tampoco habría salido sin ti. La verdad es que Chuck llevaba meses persiguiéndome para que saliera a montar y no lo había hecho —él lo dijo en un tono raro y tragó saliva—. No había querido... hasta ahora.

Ella no debería sacar ninguna conclusión, pero el corazón le dio un vuelco en cualquier caso. La esperanza podría ser tan radical como la desesperanza en ese momento, y prefirió verlo desde otro punto de vista.

—Has estado mucho tiempo encerrado. Necesitabas montar a caballo, es liberador.

—Es posible —él puso un gesto pensativo y sacudió la cabeza—. También es posible otra cosa que tiene que ver contigo.

Allí, al aire libre, en ese sitio tan bonito, todo parecía posible, pero no podía hacerse ilusiones...

—¿Conmigo?

Zane detuvo el caballo y ella hizo lo mismo. La miró con los ojos oscuros clavados en la cara.

—Sí, contigo —contestó él con la voz ronca.

Ella notó que la ardían las mejillas y esperó que la crema protectora y el sombrero disimularan lo que sentía.

Azuzó al caballo y salió corriendo.

—¡Te echo una carrera hasta el roble de aquella colina!

Ya estaba a tres cuerpos de distancia cuando oyó que él se reía.

–¡Acepto!

Sentía el viento en la cara y el pelo se le arremolinaba mientras se inclinaba sobre la yegua para que corriera más deprisa. El sendero era lo bastante ancho como para que cupieran dos caballos, pero las ramas estaban bajas y las esquivaba con destreza para llegar hasta el final del claro. Solo le faltaban unos cincuenta metros. Oía el galope por detrás y notaba que Zane estaba acercándose.

–¡Vamos, guapa!

Las patas de la yegua eran más cortas que las de Triumph y, además, ella llevaba mucho tiempo sin montar. Fue un esfuerzo digno de elogio, aunque había hecho trampa en la salida, pero Zane la alcanzó. Zane, montado en su caballo, tenía una sonrisa de oreja a oreja, y esa felicidad le llegó a lo más profundo del corazón.

Desmontó y se dirigió hacia ella.

–He ganado, Jess.

–Por los pelos.

–Pero he ganado…

La ayudó a desmontar, la agarró con sus poderosas manos y la bajó a lo largo de todo su cuerpo. A ella no le importó esa cercanía, estar atrapada por él. El corazón le latía desbocado por la emoción de la carrera y por el hombre más guapo que había visto en su vida.

–¿Cuál es el premio? –añadió él.

–¿Es una pregunta con trampa?

–Ni mucho menos.

–¿Qué quieres?

El malo más malo de una película no habría podido esbozar una sonrisa más malvada.

–Un beso… para empezar.

–¿Para empezar…?

Ella le miró su preciosa boca y notó que se le despertaba el anhelo. No creía que pudiera hacerse la cohibida porque deseaba que la besara más que cualquier otra cosa en el mundo.

Él asintió con la cabeza y la inclinó. En cuanto notó sus labios, se acordó del placer que la había dado con esa boca la noche anterior.

–Oh… –susurró ella.

Ella notó que él sonreía sin dejar de besarla. Entonces, él le quitó el sombrero para besarla mejor, hasta que se apartó un centímetro y ella pudo tomar aire y mirarlo a los ojos entrecerrados y con un brillo burlón.

–Hiciste trampa en la salida y vas a pagar por ello.

A ella se le ocurrieron una docena de maneras de cómo haría él que se lo pagara y una oleada abrasadora le atenazó las entrañas.

Zane le tomó una mano y la llevó detrás el enorme roble. Se sentó debajo de las ramas colgantes y de las tupidas hojas y separó las piernas.

–Siéntate –le ordenó a ella señalando el espacio entre las piernas–. Relájate.

Era una posición que difícilmente iba a relajarla, pero se sentó de espaldas a él y apoyó la cabeza en su pecho. Él la rodeó con los brazos y le susurró al oído.

—¿Estás cómoda?

Ella se contoneó un poco para frotarle las partes bajas con el trasero y él dejó escapar un gruñido.

—Muy cómoda —contestó ella entre risas.

—Cierra los ojos.

Ella los cerró.

—Ahora viene el castigo.

Empezó a besarla por la nuca, pero ella sintió vértigo por lo que estaba haciéndole con las manos. Las yemas de sus dedos se deslizaban con destreza por debajo de sus pechos y los pezones se le endurecieron debajo de la tela de la camisa. Le soltó los cierres de la camisa y ella contuvo la respiración.

—¡Zane!

Él pasó la cabeza por un lado y la besó en la comisura de los labios.

—Shhh… Estoy seguro de que estamos completamente solos, pero, por si acaso, grita lo menos que puedas.

—¿Quieres decir que vas a seguir…?

Él se rio, introdujo mas manos por debajo de sujetador y le acarició los pezones con la yema de los pulgares. Ella abrió la boca y el volvió a besarla para sofocar el grito.

—Eres muy ruidosa…

—Anoche no te importaba…

Estaba haciéndole cosas maravillosas con las manos.

—Tampoco me importa ahora, pero ya no estamos en mi terreno.

Para Jess estaba cada vez más claro que su terreno era ella.

—Entonces, ¿no deberíamos parar antes de que nos viera alguien?

—No hay nadie, Jess, pero pararé si es lo que quieres… y ese sería mi castigo. Creo que no podría soportar pasar todo el día sin tocarte.

¿Cómo iba a decirle que parara después de una confesión como esa?

Capítulo Nueve

—Me gusta hacer novillos contigo.

Zane se lo reconoció a Jessica mientras cenaban en un restaurante discreto y exclusivo con vistas a la playa. Sus vecinos le habían hablado de ese sitio y habían alabado la comida, la privacidad y la música. Estaba sentado al lado de ella y escuchaban a un saxofonista con unos poderosos pulmones que tocaba unas melodías lentas de jazz. Esa noche, cada vez que miraba a Jess, se acordaba de cómo se había dejado llevar bajo el roble. No había pensado llegar tan lejos, pero Jess tenía algo que hacía que perdiera el dominio de sí mismo. Quizá fueran esos sonidos que dejaba escapar cuando la besaba, quizá fuera ese deseo prohibido que se adueñaba de él cuando ella entraba en un cuarto, quizá fueran su vulnerabilidad y su sinceridad…

—A mí también me gusta hacer novillos contigo.

La voz profunda y sensual de Jess era como el ambiente del club y le recordaba que necesitaba acabar lo que había empezado en aquella colina. Esa noche iba vestida de rojo, con un atrevido vestido escotado que le llegaba por encima de las rodillas. El vestido se ceñía perfectamente a cada curva de su cuerpo. A veces se olvidaba de quién era ella, de que había estado casado con su hermana y de que ella no estaba preparada para tener otra relación sentimental. Era el hombre al que ella podía acudir, y eso era lo que él había querido, pero no sabía adónde podía llevar eso. No pensaba en nada más allá del presente. Ni podía ni quería esperar más. Ya había sufrido bastante por la muerte de Janie y su hijo, el remordimiento lo devoraba todos los días.

Levantó la copa de vino y dio un sorbo mientras desviaba la mirada hacia las pocas personas que estaban bailando. Esa noche no se había camuflado, había confiado en la penumbra y en la mesa apartada para preservar su privacidad. Algunas veces, el precio de la fama era muy elevado, y esa noche quería que Jess lo pasara bien. Quería abrazarla otra vez. Le pasó un brazo por encima del hombro y le susurró al oído.

—¿Bailas conmigo?

Ella miró la pista de baile y la luz color ámbar que iluminaba a las parejas. Le entraron muchas ganas de bailar y no se lo perdonaría si él no le concedía ese pequeño placer.

—¿Estás seguro?

—Completamente.

Él se levantó, le tomó la mano y la llevó al centro de la sala. La estrechó contra el pecho en cuanto pisó la madera de la pista. Sus curvas se adaptaban a los ángulos de él y se movieron como si estuviesen hechos para bailar juntos.

—¿Qué tal está tu pie? —le preguntó ella.

–En este momento, está flotando en el aire. En realidad, ninguno de los pies está tocando el suelo.

–Muy bonito, pero te lo pregunto en serio.

–Gracias por preocuparte –él le dio un beso en la sien–, estoy bien. Es un placer poder volver a hacer cosas… y con la mujer más hermosa del local.

–¿Cómo lo sabes? ¿Has observado con detenimiento a todas las demás mujeres?

–Mmm… No voy a contestar.

–Eres muy listo.

Él se rio y la abrazó con más fuerza. Notó sus pechos y se imaginó que los pezones se le endurecían por debajo del encaje del vestido. Ella le pasó la mano por el pelo con el brazo apoyado en su hombro y fue la cosa más íntima que le había hecho en todo el día. El miembro se le endureció al instante y se apartó porque le dio miedo que los expulsaran de allí por protagonizar un baile pornográfico. Jess lo miró con un brillo de interrogación en los ojos y Zane se encogió de hombros con impotencia. Ella sonrió y asintió con la cabeza.

Últimamente, estaban sintonizados, se entendían y todo parecía acertado cuando la tenía entre los brazos. No estaba dispuesto a renunciar a ese sentimiento y, afortunadamente, no tenía que pensar en eso en ese momento.

Dos bailes más tarde, vieron que estaban llevándoles la comida a la mesa.

–¿Preparada para cenar?

–Creo que se me ha abierto el apetito.

–¿De comida…?

—Entre otras cosas.

Fueron a la mesa y se sentaron juntos mientras el camarero dejaba los platos de pasta y las láminas de pan de ajo. Jess había elegido *penne* con salsa pesto y él había pedido *linguini* con salsa de carne.

—Tiene un aspecto fantástico —comentó ella tomando el tenedor.

—Desde luego —añadió él mirándola fijamente.

Él no se imaginó que ella se sonrojaría por un cumplido tan facilón, pero ella se ruborizó y parpadeó. A él le gustaba azorarla.

—Hola a los dos —se oyó una voz conocida que llegaba de entre las sombras y el rostro jactancioso de Dylan McKay apareció—. Espero que no os importe que haya venido a saludaros. Os vi bailando hace un minuto y no tuve pelotas para interrumpiros, Zane. Perdona mi lenguaje, Jess, pero era una escena muy… tórrida. Aparte, Zane, me alegro de verte sin muletas.

—Hola, Dylan —le saludó ella con desenfado.

—Hola —le saludó Dylan guiñándole un ojo.

Zane tenía una sonrisa forzada. Apreciaba a Dylan, pero le fastidiaba su inoportuna interrupción y que fuese tan perspicaz.

—Hola —le saludó Zane.

—¿Os gusta el sitio? —preguntó el actor.

—Mucho —contestó Jess.

—Estábamos a punto de empezar a comer —añadió Zane tomando el tenedor.

—Claro la comida es muy buena y es insuperable la…

Se vieron unos destellos y se oyeron los disparos de unas cámaras. Zane pudo ver a tres paparazis que se arrodillaban para fotografiar a Dylan.

Dylan se giró y les sonrió mientras Zane rodeaba a Jess con los brazos y la tapaba. Su primer instinto había sido protegerla de esos fotógrafos entrometidos. Le espantaban las emboscadas de los paparazis, pero Dylan estaba desconcertado. Posó para algunas fotos, hasta que el director del restaurante llegó corriendo y ahuyentó a los fotógrafos.

–Lo siento, señor McKay, esto no suele pasar.

–Lo sé, Jeffrey. No pasa nada. Hoy debe de ser un día sin noticias. Estoy con unos amigos, hoy no tengo a una chica despampanante entre los brazos.

El director no sonrió por la broma de Dylan. Se tomaba en serio su trabajo.

–También le pido disculpas, señor Williams.

–No ha pasado nada.

–¿Qué puedo decir? Lo siento. Este sitio era desconocido para ellos.

–No es tu culpa –replicó Jess inmediatamente–. Como ha dicho Zane, no ha pasado nada.

Dylan la miró un momento con ojos sonrientes y luego se dirigió a Zane.

–Me alegro de veros… así.

Zane estuvo tentado de preguntarle cómo los veía, pero lo miró con una expresión de que se ocupara de sus propios asuntos.

–De… acuerdo –siguió Dylan–. Volveré con mis amigos. Que paséis una buena noche. Ah, Jess, te veré en la playa.

Jess sonrió.

–Adiós, Dylan –le despidió Zane.

Su amigo se marchó, pero le enervaba ese coqueteo entre Dylan y Jessica.

–¿Estás enfadado? –le preguntó ella tocándole al brazo.

Dylan lo sacaba de sus casillas, pero ella no se refería a eso.

–No, pero no me gusta que nos interrumpan así. No tienes por qué sufrir mi mundo real, bastante tengo yo.

–No pasa nada –ella puso una expresión un poco empalagosa–. No ha sido para tanto.

No se habían puesto límites ni habían etiquetado lo que pasaba entre ellos, aparte de que ella estaba despechada y él estaba… consolándola. Sin embargo, quería pasar todo el tiempo con ella mientras estuviese allí. Jess volvería pronto a su casa y él tendría que sobrellevarlo. Era un fruto prohibido y algunas veces su conciencia se debatía a brazo partido con el deseo. Ella era vulnerable en ese momento y había ido a vivir con él para cicatrizar las heridas. No quería causarle más dolor por nada del mundo. Jamás se aprovecharía de ella de verdad, pero ¿estaba ayudándola a que sus heridas cicatrizaran? Tenía que pensar que estar juntos cicatrizaba las heridas de los dos. En ese momento, las cosas eran sencillas, pero cuando ella tuviera que volver a Beckon, él tendría que dejarle que se marchara.

Ella le acarició la mejilla con delicadeza y cariño y lo miró con un brillo tan ardiente que podría prenderle fuego. Cuando se inclinó y lo besó, el corazón le dio un vuelco. No iba a ponerle un nombre ni a pensar en ello. Las sensaciones que le atenazaban las entrañas le ponían los pelos de punta. Había cometido un error que le había costado la vida a su esposa y no iba a pasar por eso otra vez. Enamorarse estaba completamente descartado.

–La comida está enfriándose, cariño.

Ella parpadeó y el brillo ardiente de sus ojos se esfumó. Le espantaba defraudarla, pero no tenía nada más que decir sobre el asunto.

A Jessica la encantaba trabajar para Zane. Le gustaba tener una perspectiva nueva de la vida. Como profesora de enseñanza primaria, su vida giraba alrededor de niños, los formaba para que fuesen buenos estudiantes y aprendiesen con avidez, pero ese trabajo también tenía algunas recompensas. Esa mañana ya había hablado con la presidenta del club de fans y había hecho una lista con los nombres de las admiradoras a las que había que mandar fotos firmadas. También había hablado con la señora Elise Woolery, quien, a los ochenta y cuatro años, era una devota seguidora de Zane y le escribía todos los meses. Mariah se había empeñado en que Zane leyera y contestara todas las cartas de esa mujer y ella no iba a ser menos. Estaba leyendo su conmovedora carta en la mesa del despacho cuando sonó su teléfono móvil. Miró la pantalla y sonrió antes de contestar.

–Hola, mamá.

–Hola, cariño.

–¿Pasa algo? Tu voz…

–Estoy bien, cariño, pero ¿qué tal estás tú?

Estaba encantada de la vida, paseaba por la playa de Moonlight Beach y pasaba el tiempo con Zane. La noche anterior había sido increíble. ¿Qué más podía pedir una chica? Muchas cosas, le contestó una vocecilla. Sin embargo, no le hizo caso.

–Estoy bien, mamá. ¿Qué pasa? ¿Steven ha hecho alguna estupidez más? Te diré que me da igual, sea lo que sea.

–No, cariño, no sé nada más de Steven. Es que… bueno, ¿no has leído el *Daily Inquiry* esta mañana?

–Mamá, ya sabes que no leo esas cosas, y tú tampoco. ¿Qué ocurre?

–Bueno, ya estaba bastante acostumbrada con Janie. Zane la protegía mucho y la prensa los adoraba, pero tú, cariño… Bueno, hay una foto de Zane contigo y es bastante… llamativa.

–¿Una foto de Zane conmigo?

–En la primera página. Mi vecina me la enseñó esta mañana y el teléfono no ha dejado de sonar.

–¿De verdad?

Era mediodía en Texas. Malditos fotógrafos. Ella había creído que iban tras Dylan.

–Mamá –siguió ella–, no pasa nada, de verdad. Ya sabes la vida que lleva Zane. Estábamos cenando en un restaurante y aparecieron unos paparazis, eso es todo.

–Te has cambiado el pelo, ahora eres rubia, y

llevabas un vestido… que no te tapaba mucho… Zane te tenía entre los brazos y me pareció que…

—Estaba protegiéndome de las cámaras, nada más.

—¿Nada más, cariño?

Ella se mordió el labio. ¿Qué podía contarle a su madre? ¿Que se acostaba con Zane y que se ayudaban mutuamente a hacer frente a sus demonios personales? ¿Podía contarle eso a su madre? No. Su madre se preocuparía muchísimo, no sabía que la nueva Jessica podía sobrellevar cualquier cosa que se le presentara en el camino. Bueno, esperaba no equivocarse con eso.

—Jessica, esa foto… bueno, ¿sabes cuánto te pareces a Janie ahora?

Sintió una punzada muy fuerte en el corazón. Ya había pensado cientos de veces en esa sutil insinuación. ¿Por eso atraía a Zane? Se parecía tanto a Janie que él se inclinaba hacia ella.

—No quiero que me hagan daño otra vez —añadió su madre.

—Lo sé, mamá, y no pienso consentirlo.

Giró la silla hacia el ordenador y buscó la página del *Daily Inquiry*. Apareció la foto y allí estaba ella con el escote bajado y con los brazos de Zane rodeándole los hombros posesivamente, con su cuerpo cubriendo el de ella como si fuese suya. Sin embargo, lo más impresionante era el titular. «Zane Williams sale con una mujer parecida a su esposa». El subtítulo no era mucho mejor. «¿Quién es su misterioso amor?».

—Caray, mamá. Acabo de mirarlo.

Afortunadamente, los paparazis no habían investigado mucho. Podía imaginarse el titular si supiesen que era la hermana menor de Janie.

—¿Ves lo que quiero decir?

—Sí, pero pasará. Mañana tendrán otra presa.

—Ya lo sé. No me preocupan la foto ni el titular, solo me preocupas tú y lo que estás sintiendo en este momento.

—Mamá, en este momento estoy feliz. Zane se ha portado de maravilla, estoy haciendo amigos y disfruto con el trabajo.

—¿Está Zane ahí?

—No, está en fisioterapia —contuvo la respiración cuando se le ocurrió una cosa—. Mamá, no irás a llamarlo por esto, ¿verdad?

Su madre se quedó en silencio tanto tiempo que se preocupó.

—Mamá…

—No lo haré si no quieres que lo haga.

—Rotundamente, no quiero. Prométeme que no lo llamarás.

No quería por nada del mundo que su madre interviniera en su vida amorosa. Ella se había empeñado en que fuese allí. El daño ya estaba hecho y su madre solo podía empeorar las cosas. Cortó la llamada en un tono jovial para convencerle a su madre de que estaba bien y retomó el trabajo.

Una hora después, oyó el coche de Zane, sintió cierto vértigo por dentro y el corazón le dio un vuelco. Estaba convirtiéndose en una especie de cachorrillo enamoradizo. Oyó que abría la puerta y que los pasos se acercaban. Un segundo después, estaba delante de ella con un periódico en la mano. Lo tiró encima de la mesa y ella lo miró.

–Lo siento, cariño. He encargado a mi representante que haga algo al respecto. Con un poco de suerte, podrá evitar que salga tu nombre –él la miró con detenimiento–. No pareces sorprendida…

–Me sorprendió mucho cuando mi madre me llamó para contármelo.

–¿Tu madre lo ha visto? –preguntó él casi gritando.

–Todo Beckon lo ha visto ya.

–Dios mío… –susurró Zane pasándose una mano por la cara.

–Zane, ¿qué es lo que te preocupa?

Él rodeó la mesa y la abrazó con fuerza.

–Tú, me preocupas tú –contestó con delicadeza.

–No te preocupes, estoy bien.

–Tu madre pensará que soy un majadero por meterte en esto. Algún día tendrás que volver a Beckon y no quiero que te sea aún más complicado. Lo siento muchísimo, cariño.

Algún día tendría que volver a Beckon… Tenía razón, algún día tendría que volver a su pueblo, pero se rebelaba ante la idea. Volvió a besarla y apaciguó la batalla que se libraba dentro de su cabeza. Lo miró y se quedó estupefacta por la preocupación sincera que se reflejaba en su rostro.

–¿Qué tal la rehabilitación?

Él se apartó de ella y se encogió de hombros.

–Bien. No la necesito, pero…

–Sí la necesitas y has hecho bien. ¿Ha sido dura?

–He nadado, he montado a caballo y he bailado con ese pie. Me parece que estoy haciendo mi propia rehabilitación.

–Has tenido suerte de no haberte lesionado otra vez, chato.

Él sonrió.

–No tiene gracia.

–No me rio de eso. Me gusta que me llames chato.

–Entonces, tengo una idea que también podría gustarte.

–¿Tiene algo que ver con una cama…?

–No, tiene que ver con estar sentado en el borde de una piscina con unas preciosidades.

Una semana más tarde, Jessica estaba sentada en el borde de la piscina del Centro Geriátrico Femenino de Ventura, a una hora en coche de Moonlight Beach. El público eran unas preciosidades mayores y olía a cloro en la piscina cubierta que daba a la zona recreativa del centro. Zane estaba sentado de cara a sus ansiosas admiradoras y tenía una guitarra entre las manos.

Elise Woolery, la superfán de Zane, era todo sonrisas. Estaba en primera fila con sus amigas, que también eran grandes admiradoras de Zane.

Zane había puesto pegas ante la idea de ir allí, y no porque no hiciera actos benéficos, nada más lejos de la realidad, pero no estaba seguro de ser capaz de volver al escenario para amenizar a las masas. Sin embargo, había bastado una nota de Elise en la que le explicaba que había pasado una semana muy mala, que la artritis le había dolido tanto que no había podido levantarse de la cama por las mañanas y que las canciones de Zane le habían ayudado a sobrellevarlo. Esa carta y la insistencia de Jessica lo habían convencido para que diera ese concierto privado. Él había puesto como condición que no hubiese prensa y ella había aceptado. Tampoco había fotógrafos ni se hacía por su imagen pública. Había aceptado, sobre todo, porque esa carta le había conmovido y había querido ayudar.

—Muy bien —Zane se dirigió a su público—, es fantástico estar en una compañía tan maravillosa. Supongo que tendréis que quedaros conmigo durante la próxima hora, o dos horas, así que vamos a empezar.

Hizo un gesto con la cabeza a Jessica para que subiera a Elise. Ella ayudó a la mujer a sentarse en la silla que había al lado de él.

—¿Qué tal estás esta tarde? —le preguntó Zane.

Ella, que estaba emocionada como una colegiala, asintió con la cabeza y habló en voz baja.

—Estoy bien.

—Desde luego —confirmó Zane—. ¿Preparada para una canción?

Ella miró a las envidiosas mujeres del público y a sus amigas de la primera fila, que estaban tan emocionadas que no podían quedarse quietas en sus asientos.

—Preparada, señor Williams.

—Llámame Zane —le corrigió él tomándole una mano—. ¿Puedo llamarte Elise?

—Claro...

Zane actuó durante más de una hora y jamás había sonado así de bien. Tocó solo él con la guitarra, sin luces o grupo de acompañamiento, y su voz fue nítida, sincera e hipnótica.

Después de la actuación, las mujeres se despidieron de él una a una y le dieron las gracias, y muchas también le dieron un beso en la mejilla. Elise se quedó hasta el final y charló con él, parecía como si los dos se conocieran muy bien por las cartas. Jessica sacó unas cuantas fotos y le prometió a Elise que se las mandaría por correo.

—Puedes darle las gracias a Jessica por haber organizado esto —le comentó Zane.

—Gracias, Jessica. Esto me ha salvado el año. Te juro que hoy se me ha esfumado la artritis. Creo que iré a casa, pondré un disco de Zane y bailaré toda la tarde.

Más tarde, una vez en la limusina, Zane tomó la mano de Jessica mientras iban por la autopista. Miraba fijamente por la ventanilla y no dijo casi nada, aunque le apretaba la mano de vez en cuando. Si ella pudiera ponerle un nombre a esa sensación, la llamaría felicidad absoluta.

El mar, que esa noche estaba en calma, resplandecía a la luz de la luna. Era una noche como muchas otras que había pasado con Zane durante las semanas pasadas, cuando paseaban de la mano por la playa después de que los lugareños se hubiesen ido a sus casas.

—Estás callada esta noche… —comentó Zane.

Ella no era una quejica y no quería estropear esa perfección que habían alcanzado.

—Creo que he comido algo que no me ha sentado bien.

—Podemos volver —Zane le apretó un poco la mano—, solo estamos a trescientos metros de casa.

—No, no pasa nada. El aire fresco está sentándome bien.

—¿Estás segura?

—Estoy segura.

—Porque ahora que ya he terminado la rehabilitación podría tomarte en brazos y llevarte.

Ella se rio y eso hizo que se le revolviera el estómago. Quiso llevarse la mano al abdomen, pero no quería que él se concentrara en esa parte de su cuerpo. Estaban pasando una noche maravillosa. Consiguió esbozar media sonrisa.

—No hace falta.

—Podría ser divertido.

—No lo dudo. Seguramente me meterías primero en el mar o me llevarías a tu ducha, como hiciste la otra noche.

—Y disfrutaste cada segundo. Sin embargo, no te lo haría esta noche, corazón, veo en tu cara que estás agotada —Zane se dio media vuelta y la llevó consigo—. Vamos, deberías acostarte.

–De acuerdo, es posible que tengas razón.

Ella no tenía fuerzas para discutir con él. Zane tenía un acto benéfico en el hospital infantil al día siguiente y ella no quería perdérselo.

–¿Cómo has dicho? ¿Me has dado la razón en algo?

–Muy gracioso –de repente, la voz le salió muy débil y las extremidades se le quedaron sin fuerzas–. Zane, estoy cansada de verdad.

Se quedaron parados y él la miró detenidamente, y con preocupación, de arriba abajo. La tomó en brazos como si fuese una pluma y ella le rodeó el cuello con los brazos.

–Agárrate bien, cariño. Descansa contra mí y cierra los ojos. Llegaremos a casa dentro de nada.

Entraron en la casa unos minutos más tarde y ella insistió en que la dejara en su cuarto. Él vaciló un instante y dijo que quería vigilarla por la noche.

–¿Estás segura?

–Sí, estoy segura. Gracias por traerme.

Ella sonrió y él le miró con compasión.

–Cuando quieras…

–Se me pasará cuando haya dormido.

–¿Puedo ayudarte…?

–Me apañaré, Zane, pero gracias por la oferta.

–¿Te importa que venga más tarde a ver cómo estás? No te despertaré.

Ella captó su mirada protectora y lo mucho que significaba eso para él.

–No me importa, me gustaría.

–Llámame si necesitas algo por la noche.

La primavera pasada, cuando tuvo gripe, Steven no se había ofrecido ni para llevarle un cuenco con sopa. Le había dicho que no se acercaría a ella para que pudiera descansar y se repusiera, y que él, además, no podía ponerse enfermo. La había llamado una vez por teléfono durante toda la enfermedad y recuperación. Qué necia había sido. Los indicios habían sido claros, pero ella no había querido verlos.

–Gracias, Zane.

Él sonrió, pero la preocupación que se reflejaba en sus ojos la conmovió.

–Buenas noches, dulce Jess.

Zane le dio un beso en la frente, le abrió la cama y le sonrió antes de salir del cuarto y cerrar la puerta.

Le temblaron las manos mientras se ponía el camisón y se metía en la cama. No llevaba ni un minuto tumbada cuando todo se le revolvió por dentro y se le acumuló en la garganta. Se tapó la boca con la mano y salió corriendo al cuarto de baño. Tardó unos treinta segundos en vaciar el estómago. Se levantó despacio y se apoyó en la encimera de mármol. Se mojó la cara, el cuello y los brazos para lavarse y refrescarse y volvió a la cama con las piernas temblorosas. Cerró los ojos y oyó la serenata de Zane, que estaba ensayando en el piso de abajo la música del acto del día siguiente.

Por la mañana, su cuerpo debilitado estaba para el arrastre. La almohada le sujetaba la cabeza y tenía las extremidades flácidas sobre el lujoso colchón. Echaba de menos los brazos de Zane alrededor de ella, pero necesitaba esas horas de soledad para descansar. Oyó que llamaban a la puerta y abrió los ojos.

—Jess, ¿estás despierta?

Se incorporó en la cama, se pasó los dedos por el pelo y se pellizcó las mejillas para intentar no parecer un cadáver.

—Sí, pasa.

Zane entró, la miró de arriba abajo y se sentó en el borde de la cama.

—Buenos días, ¿te sientes mejor?

—Sí. Todavía estoy un poco cansada, pero me animaré en cuanto me levante y coma algo.

Él llevaba unos vaqueros recién estrenados, parecía la superestrella que era.

—Me alegro. La señora López tiene el desayuno preparado…

Se le revolvió al estómago al oír hablar de comida y se quedó pálida. Miró el reloj digital que había al lado de la cama y vio que eran casi las diez.

—¡Zane! No sabía que era tan tarde. Dame un par de minutos para que me vista y…

Hizo un gesto para moverse, pero Zane le puso las manos en los hombros y volvió a tumbarla.

—Tranquila, Jess.

Se sintió mareada cuando la cabeza tocó la almohada.

—Pero tendría que ir contigo.

Era su trabajo, su obligación como secretaria personal de Zane. Él no estaba acostumbrado a ir

145

solo, siempre tenía a alguien que le facilitaba los trámites.

—No quise despertarte. Voy a marcharme dentro de unos minutos. Quiero que te tomes el día libre y te relajes. Volveré dentro de unas horas.

—No quiero perdérmelo.

—A mí también me gustaría que vinieras —dijo él tomándole una mano.

—Lo siento.

—No lo sientas. Yo siento que no estés bien.

—Llamaré a la señora Russo. Ella está al frente del Hospital Infantil y lo organizaré todo con ella. Le explicaré la situación.

—No te molestes. Estoy seguro de que todo irá como la seda.

—No es molestia —Jess agarró el móvil—. Aquí tengo el número.

Zane miró las sábanas arrugadas, de donde había sacado el aparato.

—¿Duermes con el móvil? —preguntó él en tono de incredulidad.

—Cuando no duermo contigo.

—Mejórate —le deseó él con una sonrisa y dándole un beso en la coronilla.

Llamó en cuanto Zane se marchó y se sintió aliviada cuando la señora Russo se mostró dispuesta a no separarse de Zane para que todo saliera bien. Colgó convencida de que Zane se lo pasaría bien haciendo lo que más le gustaba hacer.

Poco después, un timbrazo la retumbó en los oídos y abrió los ojos. ¿Cuándo y cuánto tiempo se había quedado dormida? Entrecerró los ojos para que la luz no le deslumbrara. Parpadeó y se estiró para despertarse del todo. Se sentía mejor. No le dolía el estómago y se le había aclarado la cabeza. Agarró el teléfono y contestó a la tercera señal.

–Hola, Mariah. Me alegro de oírte.

Mariah había estado llamando una vez a la semana para cerciorarse de que todo iba bien y para interesarse por Zane. Ella agradecía su interés y su consideración, pero ya había hablado con Mariah a principios de la semana.

–¿Qué tal todo?

–La verdad es que todo va mejor de lo que me esperaba –contentó Mariah con un entusiasmo–. La última vez que hablé con Zane le conté que los médicos iban a evaluar otra vez a mi madre. La buena noticia es que se ha repuesto lo bastante como para que pueda volver a casa, aunque tiene algo que puede ir para largo. Mi hermana piensa hacerse cargo a partir de ahora. Yo iré a casa los fines de semana. He intentado hablar con Zane para decirle que el lunes por la mañana voy a volver a trabajar, pero tiene apagado el teléfono.

¿Mariah iba a volver al cabo de cinco días? Siempre había sabido que ese día tenía que llegar, pero había estado tan ocupada viviendo el presente que no le había preocupado.

–Está actuando en el Hospital Infantil.

–Ahí es donde brilla de verdad. Ya no tienes que suplirme. Me has salvado la vida, pero ya quedas libre.

¿Libre? A ella le gustaba esa atadura, estaba atada a Zane.

Así, de repente, su vida iba a cambiar otra vez. Mariah iba a volver a trabajar y todo volvería a ser como antes. Ya no habría cenas al atardecer ni paseos a la luz de la luna ni harían al amor en su enorme cama por la noche. Se le había desinflado el corazón como si fuese un globo que perdía aire.

—Me alegro de saber que tu madre está mejor. Se lo diré a Zane sin falta.

—Gracias. Ya sé que lo has hecho muy bien en mi ausencia. Zane no para de decir maravillas de ti y de decirme que no tengo que preocuparme por nada.

—Bueno, no había gran cosa que hacer —excepto enamorarse del jefe—, y dejaste unas notas impecables.

—Tengo ese defecto. Soy muy minuciosa. Es algo que desespera a la mayoría de las personas, pero es útil en el tipo de trabajo que hago. Me alegro de que hayas estado con Zane estas semanas, pero estoy deseando volver al trabajo. ¿Qué tal tú, Jessica? ¿Qué tal va tu verano?

El verano estaba medio terminado y si se quedaba, nada sería igual. No trabajaría codo a codo con Zane y tampoco podría seguir con él bajo la atenta mirada de Mariah. No sabía cómo llamar a su relación con Zane. No era su novia, él no se había comprometido con ella en ningún sentido.

—No tienes que marcharte porque yo vuelva, no lo hagas por mí.

Zane no había hablado del futuro con ella, no era alguien que hiciera planes, se tomaba las cosas como llegaban.

–Me encantaría llegar a conocerte mejor –añadió Mariah.

–A mí me pasa lo mismo, Mariah, pero, desgraciadamente, no puedo prometerte nada. Yo... debería volver pronto a casa. Tengo que hacer algunas cosas.

Preparar las asignaturas del curso siguiente, evitar a Steven por todos los medios, retomar la vida de soltera en Beckon, intentar no pensar en Zane...

–Lo entiendo. Cuando te llama tu tierra, tienes que acudir. ¿Le dirás a Zane que siento habérmelo perdido? Me ha encantado hablar contigo, Jess.

–Claro, se lo diré en cuanto vuelva. A mí también me ha gustado hablar contigo.

Una sensación agridulce le heló el corazón. Se alegraba de que la madre de Mariah estuviese mejorando, pero le mataba la idea de dejar a Zane y volver a Beckon. Él volvería pronto y ella tendría que contarle la noticia.

Capítulo Diez

—Vas a quedarte.

Afirmó Zane. Estaban tumbados en la arena y tenía el atractivo rostro de él a unos centímetros del de ella.

—¿Cómo puedes decirlo tan fácilmente?

Él se había tumbado a su lado hacía unos minutos. Llevaba unos pantalones cortos y una camisa hawaiana y había estado de muy buen humor desde que volvió del hospital, pero ella había tenido que estropeárselo al darle la noticia de que iba a volver a Beckon.

—Es muy sencillo. Eres mi invitada del verano. ¿Qué tiene eso de raro?

Hacía que pareciera muy sencillo y había desplegado todas sus armas secretas para convencerla. Su pecho le rozaba sus pechos, la provocaba y la atormentaba. Tenía sus poderosos brazos a los lados de la cabeza y esa boca increíble estaba tan cerca de la de ella que casi podía paladearla. Su presencia le dejaba sin oxígeno en el cerebro.

—Será raro. Estas semanas pasadas hemos estado los dos solos, pero, a partir de hora, Mariah estará aquí casi todo el tiempo. No será lo mismo y ella adivinará lo que está pasando.

Él le tomó la cara entre las dos manos y ella no tuvo más remedio que mirarlo a los ojos.

—Probablemente, ella ya lo sabe, Jess. Mariah está al tanto de todo y estoy seguro de que ha visto la foto del periódico. Sin embargo, si eso hace que te sientas mejor, seré franco con ella y le explicaré la situación —Zane bajó la cabeza y le rozó los labios con los suyos—. No importa que lo sepa si así te quedas.

Efectivamente, su beso era muy persuasivo. Quería estar de acuerdo con él y no debería importarle lo que pensara la gente, pero le importaba y, además, su corazón estaba en juego.

—Yo no... Es que... Da igual.

—Jess...

Él le pasó un dedo por los labios que acababa de besar y curvó las yemas de los dedos alrededor de la boca como si nunca hubiese tocado algo tan fascinante. Ella había esperado que le pidiera que se quedara, pero quería algo más, quería el final feliz para toda la vida que no sucedería jamás.

La besó y la transportó a otro mundo. Cuando terminó de besarla, tenía los ojos velados por el deseo.

—No puedes irte todavía. Esto es nuevo y de verdad. En este momento, no puedo ofrecerte nada más —él lo dijo en tono ronco por la emoción—, pero te pido que te quedes.

¿Nuevo y de verdad? Eso era prometedor y la esperanza empezaba a despertarse en ella, pero se advirtió de que no fuese necia. No podían pillarla desprevenida otra vez, tenía que mirar a la verdad de frente. No sabía si Zane podía volver a amar. Estaba y estaría siempre entregado a su hermana. ¿Podría vivir ella con eso? ¿Podía pasar con él las cinco semanas siguientes y pasarlas bien? La nueva Jess contestó que sí. Sin embargo, la vieja Jess, aunque estaba enterrada, se asomaba de vez en cuando y le hacía advertencias funestas.

—Me gustaría, pero…

—Cariño, no tienes que tomar una decisión en este momento. Piénsalo con calma.

Jess soltó el aire de los pulmones y relajó los hombros.

—De acuerdo —concedió ella en voz baja.

—Muy bien.

Zane se levantó y le tendió la mano.

—¿Adónde vamos?

—Adivínalo.

Él subió y bajó las cejas. Eran casi dos metros impresionantes, bronceados y excitados.

—Eso es juego sucio, Zane Williams —se quejó Jess.

—Lo tuyo sí que es juego sucio. Ese biquini me altera la cabeza y… —él se miró por debajo de la cinturilla del pantalón—. Si no entro pronto, me detendrán por escándalo público.

Ella tomó su mano y él la levantó. Cayó con las manos en su amplió y bronceado pecho. Olía a sol, arena y crema protectora.

—¿Qué dirían a eso las mujeres del centro geriátrico?

Él sonrió de oreja a oreja.

***

Jessica se entregó en cuerpo y alma a Zane, y los tres días anteriores habían sido mágicos. Montaron a caballo, se bañaron a la luz de la luna, cenaron y bailaron. Zane la llevó a su restaurante nuevo, comprobaron los avances e intercambiaron ideas. Él la ayudó a contestar el correo de las admiradoras y firmó las cartas de su puño y letra. Por la noche hacían el amor con una pasión que ella no había vivido jamás. Se mezclaban los sentimientos y el tiempo que pasaban juntos no tenía precio. Todas las noches, antes de que se quedaran dormidos, él la abrazaba con fuerza y le susurraba que se quedara.

Todo era perfecto, menos la creciente sospecha de que podía estar embarazada. No era una situación ideal, pero ¿cómo no iba a alegrarse por la posibilidad de que estuviera gestando una vida nueva? Había tenido náuseas por las mañanas desde que estuvo enferma, pero había conseguido ocultárselo a Zane. Comía poco por las mañanas, para sorpresa de él, y alegaba que engordaba con facilidad y tenía que ser disciplinada.

También había estado muy cansada, pero cuando Zane se lo comentaba, ella lo atribuía al ritmo que habían llevado dentro y fuera de la cama, y a que se le había retrasado el ciclo mensual.

Encerrada en el cuarto de baño, sujetaba la prueba del embarazo en la mano y esperaba esos minutos que podrían cambiar el curso de su vida. Zane había salido de compras, y ella iba a provechar ese tiempo que iba a pasar sola. La verdad era que había tardado media hora en reunir el valor que había necesitado para romper la envoltura y orinar en la varita. En ese momento, una vez hecho, tenía el pulso acelerado. Hasta que bajó la mirada y recibió la noticia. Cerró los ojos.

–Muy bien…

Tomó aire.

–Jess…

¡Zane estaba en casa! ¿Por qué había vuelto tan pronto?

–¡Un minuto!

–De acuerdo.

Temblorosa, recogió todos los restos de la prueba del embarazo, los envolvió con papel higiénico y los escondió al fondo de la papelera. Tardó unos segundos más en lavarse la cara y recomponerse mentalmente. Entonces, abrió la puerta.

Zane estaba tumbado en la cama de ella y miraba por la ventana. Se sentó en cuanto la vio y le sonrió. Fue una sonrisa cariñosa y atractiva que le llegó a lo más profundo del corazón.

–¿Todo va bien, cariño?

Ella asintió con la cabeza y se mordió el labio inferior para no decir nada más. Zane la miró a los ojos. ¿Vería la verdad en su expresión? Bajó la mirada y entonces vio un estuche cuadrado de terciopelo azul en la cama junto a él.

–¿Te sientas conmigo?

Zane tomó el estuche y dio unas palmadas en la cama. Ella se sentó y se giró hacia él. Tenía que decirle algo y ella era todo oídos.

–Hace poco, tú me hiciste un regalo que significó mucho para mí. Ahora, me toca a mí regalarte algo. No es por corresponder, es porque te lo mereces. He encargado esto para ti.

Los ojos de Zane tenían un brillo de emoción sincera mientras le dejaba el estuche en la mano. No le hizo esperar. Abrió la tapa con delicadeza y sacó una pulsera de diamantes maravillosa.

–Zane… –estaba aturdida–. Es…

Se quedó muda porque se le formó un nudo en la garganta que no dejó que le salieran las palabras. La pulsera, de plata y diamantes, tenía tres amuletos y brillaba tanto que podría iluminar todo Moonlight Beach. El primero era la manzana de los profesores que le recordaba a sus alumnos, el segundo era un libro escolar con las páginas abiertas y el tercero era unas gafas, que habían sido su puntal hasta hacía unas semanas. Un corazón diminuto colgaba del cierre y tenía una palabra grabada: «Quédate».

–Te la probaré.

No podía haberla sorprendido más. Zane cerró el cierre. Le quedaba perfecta y se sintió querida. No tenía palabras para expresar lo que significaba para ella. Zane se había superado a sí mismo.

–Es muy especial.

–Como tú. Me alegro de que te guste.

–Me gusta, pero es juego sucio, Zane.

Empezaba a ser una costumbre en él, hacía que lo deseara más de lo que ya lo deseaba.

—Te juro que la encargué hace semanas y, bueno, el corazón lo añadieron esta semana. No puedes reprocharle a un hombre que lo intente.

Ella llevó una mano a su mejilla y lo miró a los ojos.

—Qué detalle…

Entonces, lo besó fugaz y apasionadamente antes de apartarse con el corazón desbocado.

Amaba a ese hombre con todo su corazón… y no estaba esperando un hijo de él.

La tristeza se adueñó de ella por lo que nunca llegaría a ser.

—¿De verdad estás bien, Jess?

Zane observó sus movimientos mientras ella se acercaba a la cama. Levantó la sábana y la recibió con los brazos abiertos. Quería que pasara la noche con él, aunque no hicieran el amor. Era alguien especial y no quería presionarla si tenía que descansar más.

Había estado impaciente por verla cuando llegó a casa. El regalo le quemaba en el bolsillo y la había esperado en la cama de ella. Cuando había salido del cuarto de baño y la había mirado, había visto que tenía una expresión de angustia y había estado especialmente callada. Se había preocupado por su salud, pero le había parecido que era algo más que una molestia del estómago.

Le había parecido triste y con los ojos velados por la desesperanza.

Le había gustado el regalo, eso lo había notado, y le había animado un poco, pero sus ojos no habían recuperado el brillo que tanto le gustaba a él. Se había dejado la pulsera puesta durante todo el día y había visto que a veces se pasaba el dedo por la cadena o que acariciaba los amuletos. Después de todo lo que había pasado ese año, si el regalo le había conseguido transmitir que era una mujer querida, que se merecía cosas hermosas y que era una mujer deseable, entonces, habría conseguido su propósito. Quería que ella sintiera todas esas cosas, había querido que supiera lo que había llegado a significar para él.

—Esta noche me siento mejor —comentó ella.

Se metió en la cama y se acurrucó junto a él, que la abrazó inmediatamente con la espalda de ella en el pecho de él.

Le gustase o no, Mae Holcomb le había encomendado a su hija. Su principal responsabilidad era cuidar de su salud y lo demás importaba poco. Había fallado en el caso de Janie, pero no iba a permitir que le pasara algo a Jess mientras estaba con él.

—Me alegro…

Sin embargo, todavía parecía cansada, como si llevara una carga muy pesada. ¿Estaría meditando si se quedaba con él el resto del verano? En ese momento, cuando aspiraba el delicado olor de su pelo y la tenía entre los brazos, no podía imaginarse que se marchara dentro de dos días, pero tampoco iba a presionarla. Ella tenía que llegar sola a la conclusión de que estaban muy bien juntos. Él había hecho todo lo que había podido para convencerla de que se quedara, pero la decisión tenía que tomarla ella. Le apartó unos mechones de pelo y le besó el lóbulo de la oreja.

–Si tienes que dormir, puedo limitarme a abrazarte esta noche. Si no…

Ella se dio la vuelta entre sus brazos y lo miró con unos ojos cariñosos.

–Si no –replicó ella–. Indudablemente, si no…

Zane le hizo el amor lentamente y ella siguió el ritmo de sus movimientos. Se deleitó con cada centímetro de ella y le acarició con delicadeza hasta el último rincón de su cuerpo. Ella hizo lo mismo con él. Le encantaba sentir sus manos, que iban poseyéndolo poco a poco. Jess iba llenando su vida hora a hora, minuto a minuto.

Se preocupaba por ella, le preocupaba que estuviese enferma. Alababa sus logros y le impresionaba su carácter alegre. Quería verla feliz, ella le importaba.

Después de la explosión que se produjo ante sus ojos, de los suspiros de placer de Jessica, la sensación de satisfacción y plenitud se adueñó de su corazón. No recordaba haber sentido esa sintonía con nadie, menos con Janie.

Una oleada de remordimiento lo sorprendió. Había conseguido separarlas hasta ese momento, pero ¿estaba menospreciando la memoria de su esposa difunta al buscar consuelo y placer con su hermana? ¿Estaba haciendo daño a Jessica y deshonrando a Janie?

Se separó con mucho cuidado de Jess, que estaba dormida, y se alejó de la cama. Las palabras que no había encontrado antes le llegaban a borbotones. Tenía que terminar una canción y la letra le retumbaba en los oídos. La canción que lo había obsesionado durante meses iba a ver la luz por fin.

Jessica se dio los últimos toques del maquillaje para disimular las ojeras. Afortunadamente, estaba recuperando el apetito y se puso un vestido de tirantes amarillo con un estampado de margaritas diminutas.

Entró en la cocina y la señora López le sirvió el desayuno.

—Gracias —le vendrían bien unos huevos cocidos, una tostada y una taza de té—. Siempre sabe lo que quiero comer, ¿cómo lo hace?

—Noto que se siente mejor, pero el estómago necesita tiempo para reponerse. Hoy coma poco y mañana coma un poco más.

Unos minutos más tarde, cuando estaba terminando la tostada y el té, llamaron a la puerta de la terraza y levantó la cabeza.

La señora López abrió antes de que a ella le diera tiempo de levantarse.

—Buenos días, señor McKay —le saludó con cortesía y sonrojándose.

Dylan McKay tenía el mismo efecto en todas las mujeres, fuesen jóvenes o mayores, estuviesen solteras o felizmente casadas.

—Buenos días, señora López. He venido dando un paseo por la playa para ver si Zane podría concederme unos minutos esta mañana.

—No está aquí.

—Yo sí estoy —Jessica se acercó hasta la puerta—. Hola, Dylan. ¿Puedo ayudarte en algo?

Dylan llevaba una cartera debajo del brazo, aunque llevaba pantalones cortos y una camiseta azul. Parecía una anuncio de crema protectora o tablas de surf, todo menos un empresario.

—Hola, Jess.

—Gracias, señora López —la mujer se retiró—. ¿Qué pasa?

—Tan guapa como siempre —le dijo Dylan mientras entraba en la cocina.

Le gustaban las mujeres y, al parecer, le encantaba halagaras.

—A ti se te ve en forma. ¿Sigues corriendo?

—Sí —él hizo una mueca—, pero estoy haciéndome viejo.

—¿Por qué no lo partes? Podrías hacer la mitad por la mañana y la otra mitad por la tarde.

—Vaya, guapa e inteligente —Dylan arqueó las cejas—. ¿Sabe Zane el tesoro que eres?

—¿Por qué no se lo preguntas? —preguntó ella con una sonrisa.

—Me gusta tu idea. Dividiré la carrera a ver qué resultado da.

–¿Quieres café, un zumo o algo?

Le gustaba ser la anfitriona de los amigos de Zane, era algo que no quería que terminara.

–No, gracias. La verdad es que he traído un guion revisado para que Zane le eche una ojeada. El guionista ha hecho unas modificaciones. Ha dado más relevancia a las partes que afectan a Zane. ¿Te gustaría verlas?

–¡Claro! Me encantaría. Vamos al despacho.

Él la siguió y ella abrió las contraventanas del despacho para que entrara la luz.

–Siéntate.

–Vaya, parece que Zane está escribiendo algo.

Dylan estaba mirando la mesa, que estaba llena de partituras arrugadas. Fue a retirar todo ese desorden, pero Jess comprobó que la papelera estaba llena con papeles parecidos.

–Sí, eso parece.

–Está bien, ¿no? Que yo sepa, llevaba años sin escribir una canción.

Desde la muerte de Janie.

Dylan se sentó en el sofá y abrió la cartera.

–¿Sabes dónde guarda el guion original que le di? Podemos comparar los dos. Estoy ansioso por saber si los cambios te gustan tanto como a mí.

–Claro. Creo que Zane lo guardó con llave en la mesa.

Abrió el cajón inferior y, efectivamente, allí estaba el guion. Lo tomó y vio la carpeta que había debajo. Tenía el título escrito a mano por Zane. «La canción de Janie. Final».

Zane no le había contado que estaba escribiendo una canción sobre Janie. Todas esas partituras... Al parecer, Zane había estado trabajando en eso hacía poco, la noche anterior quizá. Se había despertado en plena noche y había visto que él no estaba en la cama. Había oído unos acordes a lo lejos y se había imaginado que Zane estaba practicando otra vez con la guitarra. No le había dado más vueltas y se había quedado dormida, pero en ese momento, cuando veía los papeles desechados por toda la mesa y que rebosaban de la papelera, supo que tenía que ser verdad. Todo giraba alrededor de Janie, lo hacía en ese momento y lo había hecho siempre.

¿Cómo podía estar celosa de su hermana fallecida? Se le llenaron los ojos de lágrimas y volvió a sentir el estómago revuelto.

Le entregó a Dylan la primera versión del guion y volvió para cerrar el cajón con llave, pero la curiosidad pudo con ella y le dio la espalda a Dylan, abrió la carpeta y sacó la primera página. Miró la letra con las manos temblorosas: «Siempre te amaré, Janie, pequeña. Mi camino es solitario sin ti, un sendero incierto. Mi corazón es tuyo, no lo dudes...».

Dylan se aclaró la garganta y ese sonido inocente le recordó que no estaba sola. Cerró la carpeta, ya había visto bastante. ¿De qué iba a servirle torturarse más? Ya estaba desgarrada por dentro. Cerró el cajón y se dio la vuelta con una sonrisa. Dylan estaba absorto en el guion.

162

Entonces, oyó el taconeo conocido de unas botas en el pasillo.

—Jess...

Ella no contestó. Dylan la miró y habló en voz alta.

—Estamos aquí, Zane, en tu despacho.

Zane abrió la puerta y asomó la cabeza antes de entrar. Miró a Jess con los ojos entrecerrados, pero ella miró hacia otro lado. No podía mirarlo en ese momento y, probablemente, él estaría preguntándose por qué no le había contestado. ¿Estaba Zane celoso de Dylan? ¿Creía que le ocultaban algo? Se lo tendría merecido, pero no era mucho consuelo para ella.

—Hola, Dylan. ¿Qué pasa? —le preguntó Zane.

Jess tenía que centrarse, tenía que salir de ese cuarto enseguida.

—Hola, Zane —Dylan se levantó para estrecharle la mano—. He venido a buscarte con mi versión mejorada del guion. Jess me ha invitado a entrar y estaba a punto de repasarlo con ella para que me diera su opinión.

—Bueno, creo que ya no me necesitáis —comentó ella—. Dylan, puedes repasarlo con Zane. Acabo de acordarme de que tengo que hacer unas llamadas urgentemente. Hasta luego.

—Hasta luego —se despidió Dylan distraídamente antes de volverse hacia su amigo—. Zane, ¿es un buen momento?

Ella desapareció antes de que Zane pudiera decir algo para disuadirla, pero su expresión de perplejidad le alteraba más los ya alterados nervios.

***

Se negó a derramar una lágrima, se negó a ceder ante sus sentimientos descontrolados. ¿De qué iba a servirle? Ya había desperdiciado todas las lágrimas por culpa Steven. No le quedaba ni una, pero el corazón le dolía, era un dolor que no podían aliviar ni las lágrimas ni la aspirina ni el alcohol. Fue a su cuarto, cerró la puerta, se tumbó en la cama y miró el cielo azul por la ventana.

Le gustaba California. Todo era precioso y la gente era simpática y despreocupada. El verano, semitropical, consistía en días ventosos y noches cálidas. Sin embargo, de repente, por primera vez desde que estaba allí, echó de menos su casa, el pequeño piso con un balcón en el que cultivaba cactus y un jazmín. Echaba de menos la cocinita y su dormitorio con flores de lavanda y encaje blanco. Echaba de menos a su madre y a sus amigos.

No tenía porvenir con Zane. Le destrozaba el corazón pensarlo, pero Zane, sentimentalmente, no estaba a su alcance. Estaba marcado por su hermana y haberla perdido, como a su hijo, era una herida que no cerraría nunca.

–No puedes pedirle peras al olmo –se dijo a sí misma en voz alta.

Se levantó y se quitó el vestido. Abrió el inmenso vestidor y eligió unas zapatillas de deporte, unos pantalones cortos y una camiseta. Volvió a vestirse y se recogió el pelo en una coleta. Se miró en el es-

164

pejo y no se reconoció. Se había convertido en auténtica californiana, una de esas rubias bronceadas con pantalones cortos que paseaban por las playas del Pacífico.

Bajó la escalera y oyó voces de hombres.

—Hola, chicos —les saludó asomando la cabeza por la puerta—. Voy a correr un rato.

Zane levantó la cabeza, pero no pudo mirarle a los ojos; la letra de una canción le dolía más que encontrarse abandonada en el altar.

—Casi hemos acabado. Si esperas un segundo, te acompaño —le dijo Dylan.

—No, gracias, creo que iré sola. Vosotros terminad vuestro trabajo. Hasta luego.

Se dio la vuelta, pero antes pudo ver que Zane volvía a entrecerrar los ojos como si intentara entenderla.

La brisa del mar la refrescaba e iba alejándose cada vez más. Llegó hasta una cala rodeada de rocas que se llamaba Moon Point. Le pareció que podía escalar las rocas y tenía ganas de intentarlo.

Empezó a subir agarrándose a unos salientes y apoyando los pies en otros. El viento soplaba con más fuerza allí, pero iba ascendiendo. Había oído decir que la vista desde Moon Point era la mejor, que se podía ver el muelle de Santa Mónica si el día estaba despejado. Subía casi con facilidad y, sobre todo, estaba sola. Podía ver la vista sin competencia. Tardó menos de cinco minutos en llegar a lo más alto y se sentó en la parte lisa de la roca. Hizo visera con una mano para observar la inmensidad del océano. Era maravilloso estar allí, no había ni un ruido, y parecía como si el océano fuese suyo. Podría quedarse todo el día allí.

Las olas rompían contra las rocas y las gotas le mojaban la piel, pero también le recordaron que había pasado tres horas allí.

Bajó por la roca y caminó por la playa, que iba vaciándose de bañistas. Media hora después llego a la franja de playa que había delante de la casa de Zane y el corazón le dio un vuelco cuando lo vio en la terraza. La camisa beis de lino le ondeaba al viento y sus ojos, esos maravillosos ojos oscuros y profundos, estaban clavados en ella. No tuvieron que saludarse con la mano porque ya habían conectado. Contuvo un gemido y se dirigió hacia él.

Él también empezó a bajar los escalones con un gesto serio. No iba a ser una conversación cómoda para ninguno de los dos.

—¿Puede saberse dónde te has metido?

Ella parpadeó porque jamás le había hablado en ese tono.

—He ido a correr.

—Has estado casi cuatro horas, Jess.

—Bueno, ya he vuelto.

—Ya lo veo —él se puso rojo—. ¿Por qué te marchaste tan deprisa?

—Tenía que estar sola.

—¿En la playa? Hoy ha debido de haber unas mil personas en la playa.

—De acuerdo. Tenía que alejarme un rato de ti.

—¿De mí? ¿Qué he hecho? Estaba preocupado.

No sabía dónde estabas. Podía haberte arrastrado una ola, algún chiflado podía haberte raptado, podías haberte caído y haberte lesionado… No te has llevado el móvil. ¿Cómo iba a saber que estabas bien? ¿Quién va a correr durante cuatro horas?

–Tenía que pensar.

–¿Y has pensado?

–Sí.

Ella pudo oír el sonido de sus dientes al apretarlos, pero Zane no dijo nada. Un suspiro le atenazó la garganta antes de soltarlo. Entrelazó los dedos con los de él, quien miró sus manos unidas.

–Zane, te preocupaste por mí porque me quieres un poco, pero también porque te sientes responsable de mí. Le prometiste a mi madre que me cuidarías. No lo niegues, sé que es verdad. No quisiste defraudarla y lo entiendo, es más, lo agradezco, pero no tienes que preocuparte por mí. No soy la misma Jess débil y despechada que se presentó en tu puerta hace más de un mes, he cambiado.

–Eres increíble, Jess –Zane la miró con un brillo de sinceridad en los ojos–. Eres fuerte, lista, graciosa y hermosa.

Ella titubeó un instante porque sus halagos casi la destrozaron.

–No me digas cosas bonitas.

–Son verdad.

–Otra vez con lo mismo, Zane.

–No puedo evitarlo.

–Me marcho mañana.

Tenía que ser fuerte, él no podía ver que el corazón se le estaba haciendo mil pedazos en ese preciso instante.

—No, no vas a marcharte.

Ella asintió con la cabeza, no iba a convencerla.

—¿Qué puedo decir para que te quedes?

A ella se le ocurrieron una docena de cosas, pero no dijo nada.

—¿Por qué, Jess? —siguió él—. ¿Qué ha pasado? Me debes una explicación.

—Me has preguntado qué podías decir para que me quede. Muy bien, yo tengo algo que decirte para que te lo pienses otra vez.

—Eso no va a suceder, Jess —replicó él apretándole la mano.

—Ayer me hice una prueba de embarazo.

Le costó decirlo e, inesperadamente, las lágrimas le escocieron en los ojos.

Él se quedó sin respiración y parpadeó varias veces mientras la miraba fijamente como si quisiera entender lo que ella acababa de decir. Dejó caer las manos a los costados. Toda la rabia se disipó de sus ojos y dejó paso al miedo. Entonces, empezó a sacudir la cabeza como si hubiese oído mal.

—No estoy embarazada.

Un suspiro le brotó de lo más profundo del pecho y el alivio se adueñó de su rostro y su cuerpo. Pareció como si lo hubiesen indultado de la peor condena posible.

Desgraciadamente, su reacción no la sorprendió. Lo había sabido desde el principio. No quería un hijo, no podía soportar el compromiso de tener que amar a otra persona más que a nada en el mundo. Él ya sabía qué era eso, ya lo había hecho una vez en su vida. Todavía estaba desgarrado por dentro y ese desgarro también se veía en su falta de compromiso con su profesión, en sus titubeos, en su intento de reinventarse, quizá, como actor... o como propietario de restaurantes. Tenía las alas cortadas y el pie roto le había servido de excusa para detener su vida un tiempo.

—A lo mejor no debería habértelo dicho —susurró ella.

—No, no, me alegro de que me lo hayas dicho.

Él se puso recto como el caballero y hombre cumplidor e íntegro que era. Sin embargo, nada podía haberle dolido más que su reacción, que presenciar la sombría verdad en sus ojos asustados. Una parte ridícula de sí misma había esperado que le alegrara la idea de tener un hijo.

Zane le tomó las manos.

—No habría querido que hubieses pasado por algo así sin decírmelo. Yo... Yo quiero que sepas que si el resultado hubiese sido distinto, lo habríamos resuelto, Jess.

Ella no quiso saber qué había querido decir con «resuelto». ¿Cómo se resolvía tener un hijo? No sonaba a nanas y flores...

—Lo sé, y también sé que entiendes que tenga que marcharme mañana. No te molestes en despedirme, me marcharé antes de que amanezca.

Capítulo Once

Jessica quería cambios y estaba moviendo los pupitres de la clase para ponerlos de otra manera. Quería ver las caras de todos sus alumnos desde la pizarra. Era muy importante tener un contacto con ellos. No quería verlos de perfil, quería mirarlos a los ojos para captar si prestaban atención y estimularlos para que participaran. Había trazado su plan de estudios y le daba vueltas en la cabeza a la impronta que dejaría en las vidas de sus alumnos. ¿Quién no recordaba a su profesor de primaria? Esperaba que algún día se acordaran de ella con cariño, y era algo que le importaba en ese momento.

El curso empezaba justo después del primer lunes de septiembre, que era festivo, y solo faltaba una semana. Estaba deseando que empezara el semestre y estaba deseando olvidarse del pasado. Se oían los chirridos en la clase mientras movía las sillas por el suelo de linóleo y estaba sudando. El calor no había remitido y septiembre era tan caluroso como junio en Texas.

Hacía unos minutos, Steven había llamado a su puerta. Le había sorprendido verlo, pero también le había bastado ver su cara para saber que nunca lo había amado de una manera apasionada y para toda la vida. Él le había ofrecido todo tipo de excusas y había acabado disculpándose. Ella lo había escuchado con paciencia mientras pensaba que, en realidad, le había hecho un favor por no casarse con ella, aunque hubiese sido despiadado. Cuando acabó y la tocó hablar a ella, no se alteró, le dijo lo que pensaba, sistemática y tranquilamente, y lo despidió. Por fin habían escuchado a la nueva Jess y había sido liberador.

Se mantuvo ocupada con los pupitres y no desperdició ni un minuto más con Steven. Sin embargo, en el silencio de la clase, sí se acordó de Zane y del último día en California. Él no dejó que se marchara sola, se había levantado antes del amanecer y se había empeñado en llevarla al aeropuerto. No tenía ni idea de cuánto le costaba a ella despedirse, él no podía saber que el consuelo de su despecho se había convertido en el hombre de su vida y que le había enseñado lo que era de verdad el amor.

Gracias a las normas del aeropuerto, Zane no pudo acompañarla hasta la puerta de embarque, pero sí le llevó el equipaje y la ayudó a llegar hasta lo más lejos que pudo sin que el servicio de seguridad le llamara la atención. Afortunadamente, acababa de amanecer y las integrantes del club de fans de Zane Williams no eran madrugadoras. Zane le había dicho en el coche que le daba igual si lo reconocían o si los paparazis estaban siguiéndolos, que quería despedirla.

—Bueno… —él dejó el equipaje a sus pies y le

tomó las dos manos–. Voy a echarte de menos con toda mi alma, corazón.

Se le daban bien las palabras y ella esbozó una sonrisa. ¿Cómo no iba a amar a un hombre que hacía frente al servicio de seguridad, a una posible ofensiva de superfans y a esa hora intempestiva solo para despedirse de ella?

–Gracias, Zane.

Ella miró hacia el exterior, que estaba empezando a llenarse de taxis y autobuses. No podía decirle que lo echaría de menos porque eso sería decir muy poco.

–Te agradezco que me dejaras quedarme contigo –siguió ella–. Echaré de menos… California.

Se había convertido en una californiana auténtica. Él le acarició los brazos y ella sintió un cosquilleo.

–¿No vas a echarme de menos un poco?

–No puedo contestar a eso, Zane.

Él asintió con la cabeza y sus manos mágicas siguieron acariciándole los brazos.

–Jamás olvidaré el tiempo que hemos pasado juntos. Ha significado mucho para mí.

Ella cerró los ojos con todas sus fuerzas para contener las lágrimas, tomó aire para serenarse y lo miró fijamente.

–Yo tampoco lo olvidaré. Será mejor que me marche, van a embarcar enseguida.

–Un segundo…

Zane le dio un beso en los labios que habría hecho que cayera de rodillas si no hubiese estado

172

agarrándola de los brazos. La besó con toda su alma antes de tomarle las mejillas entre las manos para levantarle la cara y darle otro beso tan largo que ella acabó de puntillas.

Cuando acabó el beso, él apoyó la frente en la de ella y se quedaron un rato así con los ojos cerrados, hasta que anunciaron su vuelo por los altavoces. Había llegado el momento de embarcar.

—Maldita sea —murmuró él.

Ella tomó el equipaje y empezó a separarse del hombre que amaba. Esa vez, él no le pidió que se quedara, los dos sabían que había terminado.

Se había alejado de él y no había mirado atrás.

Dejó a un lado ese recuerdo, terminó lo que tenía que hacer en la clase, se montó en su coche y puso la radio. La voz melódica de Zane le llegó a través de las ondas. ¡No necesitaba que le recordaran cuánto lo echaba de menos! Apagó la radio de un puñetazo y recorrió las calles de Beckon para llegar a su casa. Necesitaba un buen baño en la bañera. Mejor dicho, hundiría la cabeza y acabaría con todo.

—Feliz cumpleaños, Jessica. ¿Qué tal está mi niña?

—Hola, mamá.

Jessica rodeó el morro del coche de su madre, se sentó en el asiento del acompañante y se inclinó para darle un beso. El olor de su perfume, nada discreto, se mezcló con la humedad del ambiente, pero era consolador en cierto sentido porque ese olor definía a su madre con toda precisión y ese día, precisamente, su madre y ella necesitaban consuelo.

Su madre no era la mejor de las conductoras, pero se había empeñado en recogerla y conducir. Afortunadamente, las calles de Beckon estaban poco transitadas porque la forma de conducir de su madre le ponía los pelos de punta. Se aferraba al volante como si su vida dependiese de ello y lo movía de un lado a otro con movimientos nerviosos. Asombrosamente, el coche seguía recto por la calzada.

Miró por encima del hombro y vio un ramo de lilas y rosas blancas.

—Unas flores muy bonitas, mamá.

—Las favoritas de Janie. Tengo otro ramo para ti en casa, cariño.

Visitar la tumba de Janie el día del cumpleaños de las dos se había convertido en un ritual.

El cementerio estaba en un extremo del pueblo, pero se tardaba muy poco en llegar. Las dos se bajaron del coche y caminaron unos cincuenta metros hasta la monumental lápida que le había puesto Zane.

—Parece como si ya hubiese estado alguien —comentó su madre.

Había más de una docena de rosas rojas y blancas en el florero incrustado en el suelo.

—Seguramente, Zane habrá hecho que las manden.

Él no se olvidaría del cumpleaños de Janie. Siempre lo había celebrado por todo lo alto cuando estaba viva y le había buscado el regalo perfecto.

—No creo que haya hecho que se las manden —su madre señaló a una rosa en concreto—. Mira eso.

—Su púa… —comentó Jess en voz baja.

La púa, negra con letras blancas, estaba entre los pétalos y decía: «Amor, Zane».

—Está en el pueblo, Jess.

—No seas boba, mamá, Zane no viene por aquí. Si estuviera en Beckon, ya lo sabría todo el mundo, ya sabes cómo lo quieren.

—Como tú, Jessica.

—Mamá… —Jess tomó aire—. No.

—Sí, amas a ese hombre. No hace falta que lo niegues. Es un buen hombre, y recto. Amó a tu hermana con toda su alma, pero Janie ya no está con nosotros. Sabe Dios que daría cualquier cosa por que lo estuviera, pero si vosotros dos tenéis algo…

—Mamá, yo también daría cualquier cosa por tener a Janie entre nosotros, pero te equivocas.

Le gustaría que su hermana hubiese vivido. Su hijo ya tendría casi dos años y ella sería su tía favorita, la tía Jess. Janie y Zane estaban hechos el uno para el otro, ella era un mal consuelo para lo auténtico.

—Veremos…

Jess no hizo caso de la réplica de su madre y esperó que Zane no estuviese en cien kilómetros a la redonda de Beckon, mejor, en mil.

Su madre dejó las flores y las dos rezaron en silencio. Se quedaron media hora hablando con Janie, como de costumbre, y la pusieron al día de las noticias. Entonces, con lágrimas en los ojos, se despidieron. Siempre era el día más complicado del año; cumplía años el mismo día que su hermana y tenía que celebrar su cumpleaños cuando a Janie le habían cortado los suyos de cuajo.

—¿Qué te parece una barbacoa por tu cena de cumpleaños? —le preguntó su madre mientras salían por las verjas de cementerio—. He invitado a Sally, Louisa y Marty.

Como era su cumpleaños, su madre, bendita fuese, tenía que aparentar alegría, sonreír y fingir que no tenía el corazón hecho añicos.

—Claro, mamá, me parece perfecto.

Sally, su mejor amiga, y Louisa, amiga íntima de su madre, estarían allí. Marty era la hija de Louisa y también era profesora en un colegio. Jessica y Marty se hicieron amigas casi por defecto, algo que a ella no le parecía mal. Marty era una persona maravillosa.

El aparcamiento de BBQ Heaven estaba lleno cuando llegaron. Era algo raro en una noche entre semana, pero aunque los nuevos dueños habían cambiado el nombre, seguían sirviendo la mejor carne a la parrilla de tres condados. Algunas veces, cuando estaba en California, había añorado esas comidas ahumadas. En ese momento, la boca se le hacía agua.

Se reunieron con sus amigas fuera y entraron

juntas. No tuvieron ningún problema para sentarse las cinco. Al parecer, su madre debía de haber hecho la reserva y las sentaron en el mejor rincón del restaurante. Su madre y Louisa se sentaron en el centro para que pudieran charlar y Jessica y sus amigas se sentaron en los extremos.

—Gracias a todas por haber venido —dijo Jessica.

Estaba reordenando su vida y le ayudaba ver a Sally y a Marty. Naturalmente, Sally lo sabía todo. La había recogido en el aeropuerto cuando volvió de Moonlight Beach y ella no se había callado nada. Le había hecho jurar a su amiga que guardaría el secreto, como si estuviesen en el instituto, y le había gustado volver a confiar en una amiga.

—Faltaría más. Feliz cumpleaños, amiga. Ojalá yo tuviera veintiséis años otra vez —comentó Marty con un suspiro.

—Solo tienes veintiocho —replicó Louisa con los ojos en blanco.

—Lo sé, mamá, pero los veintiséis fueron unos buenos años para mí.

Sally miró a Marty con los ojos entrecerrados y las tres se rieron.

—Feliz cumpleaños, Jessica —intervino Louisa en un tono sereno—. Espero que lo pases bien.

—Claro que lo pasará bien.

Su madre lo dijo con tanta certeza que Jess se giró hacia ella. Tenía los ojos color esmeralda sonrientes y confiados. Le encantó verla tan relajada.

Llegó la camarera y todas pidieron algo distinto para compartirlo. Ninguna se iría con hambre a casa. Se oía música de fondo, pero nadie oía una palabra y las conversaciones llegaban de las mesas abarrotadas.

Estaba comiendo la ensalada cuando alguien dio unos golpecitos en el micrófono y se oyó un chirrido ensordecedor. Consiguieron equilibrar el sonido y George, el encargado del restaurante, habló por el micro.

—Esta noche os tenemos guardada una pequeña sorpresa —Jess tuvo que estirar el cuello para verlo por encima de las cabezas—. El mismísimo Zane Williams, nuestro Zane Williams, ha vuelto al pueblo y tiene una canción nueva que quiere cantar para todos vosotros, seréis las cobayas, por decirlo de alguna manera. Aunque no conozco a ninguno de vosotros al que vaya a importarle que le canten una serenata esta noche. Recibamos a Zane como solo sabemos hacerlo en Beckon.

Se oyó una ovación y Zane apareció como si tal cosa, con una guitarra colgada del hombro. Llevaba un sombrero negro y una camisa blanca tachonada, y con su metro noventa destacaba como nadie entre la multitud, sobre todo, porque un foco brillaba milagrosamente por encima de él, como si fuese un cowboy santo con su propio resplandor.

Que Dios se apiadara de ella. Era impresionante, casi se había olvidado cuánto, y el corazón le dio un vuelco. Miró a su madre, que no la miró a ella, y lo entendió todo, las alusiones en el cementerio y el comportamiento tan raro de su madre durante todo el día. ¿Qué había hecho?

Sally estaba sonriendo de oreja a oreja y le preguntaba, solo con los labios, si lo sabía. Ella negó con la cabeza.

Entonces, Zane se dirigió al público.

—Gracias por dejarme que interrumpa vuestras cenas y que pruebe con vosotros mi nueva canción. George, te debo una —sonrió al hombre que tenía al lado—. Esta es para desear feliz cumpleaños a alguien a quien quiero. Se llama *La canción de Janie*.

Se oyeron algunas exclamaciones, todo el mundo sabía que el amor de Zane hacia Janie era imperecedero. Jessica sintió una punzada de miedo en las entrañas y que la bilis le subía a la boca. ¿Cómo podía quedarse allí y escuchar la letra de la canción que había leído a escondidas, el homenaje al amor que Zane seguía sintiendo hacia Janie? Su voz sería un instrumento de tortura que le haría polvo el corazón. Miró hacia la puerta como si quisiera comprobar si podría salir corriendo sin que la vieran.

Zane empezó a cantar y fue demasiado tarde para escapar. Tenía la palabra y un público entregado. De su boca brotaron las palabras que recordaba, las palabras que se había repetido cien veces en la cabeza, era una balada pura y sincera.

Siempre te amaré, Janie, pequeña. Mi camino es solitario sin ti, un sendero incierto. Mi corazón es tuyo, no lo dudes...

Su madre le tomó una mano por debajo de la mesa y se la apretó. Jessica la miró y vio el brillo de cariño en sus ojos. Su madre señaló a Zane con la barbilla y volvió a mirarlo. Ella bajó la mirada. No podía soportar verlo cantar una canción de amor a otra mujer, ni siquiera a Janie, después de todo lo que habían vivido juntos. ¿Era una mala persona por eso?

Él tenía hipnotizado a todo el mundo con esos sentimientos tan profundos. El dolor en su voz era inconfundible, pero la letra de la canción que se oía en la silenciosa sala era distinta, había cambiado.

Te amé una vez y fue maravilloso, el amor más maravilloso que he conocido, pero tengo que pasar página, Janie, mi pequeña, con un amor tan sincero que lo aplaudirías. Verás, mi pequeña, tú también la quieres. Tú también la quieres. Tú también la quieres.

Jessica levantó la cabeza como impulsada por un resorte. Zane tenía los ojos cerrados y la cabeza ladeada mientras rasgaba las cuerdas de la guitarra y cantaba. Parecía libre, como si se hubiese quitado un peso de encima aunque ponía el alma y el corazón en esa canción.

Ella lo miró fijamente, no podía apartar la mirada de él y la cabeza le daba vueltas. Cuando él abrió los ojos, los clavó en ella, solo en ella, se quitó el sombrero con un gesto galante y esa profundidad penetrante de su mirada hizo que la cabeza la diera vueltas más deprisa todavía. Todo el mundo se giró para mirarla, algunos estaban boquiabiertos y otros sonreían. Ella reconoció a bastantes que asistieron a su amago de boda y se puso roja como un tomate. ¿Qué estaba haciéndole Zane?

Él se descolgó la guitarra del hombro y la levantó con una mano, parecía no importarle que estuviese dando el espectáculo... y haciendo que lo diera ella.

Jessica se levantó del asiento y el foco se dirigió hacia ella. La deslumbró y tuvo que entrecerrar los ojos.

Zane se acercó un paso a ella, que tenía tan acelerado el corazón que creía que iba a desmayarse.

Solo podía hacer una cosa en ese momento.

Salió corriendo, salió a la calle y no dejó de correr.

–Vaya... –farfulló Zane sin hacer caso de la ovación.

Miró a Mae Holcomb como si quisiera disculparse, se encogió de hombros y salió detrás de Jess. No había salido según lo previsto, eso estaba claro. Levantó la cabeza y salió del restaurante como si no pasara nada, como si las mujeres lo rehuyeran todos los días de la semana. Miró a todos lados en cuanto estuvo en la calle, la vio a casi medio a campo de fútbol de distancia y corrió a toda velocidad detrás de ella. Si Doobie Purdy, su entrenador de atletismo, la hubiese visto, la habría fichado. Él, sin embargo, no iba a dejarse ganar y la alcanzó enseguida, pero se mantuvo un momento detrás para pensarse otra vez lo que quería decirle. No podía estropearlo otra vez, Jess lo significaba todo para él.

—¡Lárgate! —le gritó ella por encima del hombro.

—Eso no está bien.

Lo que sí estaba bien era mirarle esa piernas largas y bronceadas que daban zancadas. Levantó la mirada a su maravilloso trasero y se acordó de lo suave y terso que era.

Ella no aminoró el ritmo ni lo más mínimo.

—¡Por favor, me duele el pie! —gritó él.

Ella se paró, se dio la vuelta y le miró fijamente la lesión falsa. Él pudo captar toda su compasión y cuánto lo amaba en su mirada, Dylan había tenido razón, y la amó tanto en ese momento que no pudo respirar.

—No te duele, ¿verdad?

—Tengo desgarrado el corazón.

Ella se quedó boquiabierta y eso le pareció una buena señal a él.

—Pero el pie está bien, ¿verdad? —insistió ella sin dejar de mirarle el pie.

—Bueno, podría haberme hecho mucho daño, Jess. Correr como un loco con estas botas para alcanzarte no es la terapia que más me conviene.

Ella negó con la cabeza y la maravillosa melena rubia se le arremolinó alrededor de la cara. Estaba sonrojada por la carrera y el pecho le subía y bajaba debajo del vestido color coral, algo casi irresistible. Tomó aire y se alegró de que estuviese parada.

—Es un juego sucio, como siempre, Zane.

–Tenía que verte hoy, el día de tu cumpleaños.

–Zane, ¿en qué estás pensando? Hiciste que diese el espectáculo en el restaurante. Tu sabes, mejor que nadie, que no quiero dar más escándalos. Ya estoy cansada de ser el hazmerreír de este pueblo. Yo… ¿Por qué has venido?

–Por ti.

La esperanza le iluminó los ojos y le pareció otra buena señal.

–Cambiaste la letra de la canción.

–Dylan me dijo que creía que habías visto la letra. Tenía razón, ¿verdad? ¿Por eso no quisiste quedarte conmigo?

–¿Dylan…? ¿Ahora aceptas los consejos de ese Casanova?

–No lo critiques. Dylan me hizo ver cuánto te echaba de menos, lo estúpido que había sido. Efectivamente, revisé la canción después de que te marcharas, la letra me salió a la primera y directamente desde el corazón. La he cantado esta noche solo para ti.

Ella se cruzó de brazos con un brillo cariñoso en los ojos.

–Pero ¿por qué ahí, delante de medio pueblo?

–Dejé que te marcharas, estaba aterrado. Cuando me contaste que podrías estar embarazada, no pude soportarlo, Jess. Llevo todo este tiempo reprochándome la muerte de Janie, sintiéndome culpable por haberla perdido a ella y a nuestro hijo. En el fondo, me odiaba a mí mismo. Creía que no volvería a desear… ni a amar. Era más fácil vivir el presente sin mirar el futuro, pero te marchaste y me quedé vacío por dentro. Te eché de menos con todas mis fuerzas. Creía que no bastaría con que lo dijera, no sabía si me creerías, salvo que lo gritara a los cuatro vientos. No voy a hacer la película y ese restaurante será el último que construya, voy a terminar la gira, Jess. Voy a dejar de esconder la cabeza en la arena, voy a volver a ser yo mismo.

Ella esbozó una sonrisa muy leve. Él quería volver a ver su preciosa sonrisa, pero no era esa todavía.

—Eso está muy bien, Zane. Me alegro por ti.

Los coches circulaban alrededor de ellos y algunos tocaban la bocina. Zane le tomó la mano, la sacó de la calzada y la llevó a la acera, delante del cine Palace. Irónicamente, era casi el mismo sitio donde se enamoró de Janie. En ese momento, estaba cerrando el círculo, estaba rezando para que su hermana aceptara pasar el resto de su vida con él.

—¿Me amas, Jess?

Ella lo miró como si fuese un monstruo con tres cabezas.

—¿Me amas? —repitió él.

—Sí, majadero —contestó ella soltándose las manos.

Él sonrió de oreja a oreja sin importarle si parecía bobo. La alegría se adueñó tanto de él que no pudo evitar contarle sus planes.

—Voy a vender mi casa, Jess. El rancho donde viví con tu hermana será de otra persona un día de estos. Nunca olvidaré a Janie, pero ha llegado el momento de que pase página. Tengo visto un terreno precioso, pero quiero que tú también lo veas, quiero que te guste tanto como a mí. Voy a volver a echar raíces aquí, en Beckon.

—Pero dijiste que ibas a retomar la gira...

—Tengo que terminarla, estoy obligado por contrato, pero después me quedaré en Beckon, Jess, y solo saldré de gira durante los meses de verano, cuando no estés dando clase.

Ella casi sonrió como él anhelaba que hiciera.

—Zane, ¿de qué estás hablando?

—Ah, claro, me he precipitado, ¿no? —Zane tomó aire y la agarró de las manos—. Ya he hablado con tu madre, Jess. Ella y yo hemos aclarado las cosas y me ha dado su bendición. Dulce Jess, mi Jess, me has ayudado para que me cure el alma y el corazón y no puedo imaginarme la vida sin ti, Jessica Holcomb. Voy a arrodillarme —bajó una rodilla hasta el suelo, inclinó la cabeza hacia atrás y la miró a los ojos—. Me enseñaste a volver a mirar hacia el futuro. Conocerte y amarte como te amo me han dado el valor que necesito para encontrar mi verdadero ser. Ya no tengo miedo y te pido que me des una segunda oportunidad. Te pido que compartas tu vida conmigo, te pido que seas mi esposa, Jess, y que algún día tengas hijos conmigo. Lo quiero, lo quiero de verdad. Te amo con todo mi corazón. ¿Te casarás conmigo, dulce Jess?

Sus preciosos ojos verdes como la hierba eran devastadores, pero su sonrisa era lo más maravilloso que tenía. Ella dudó tanto que él creyó que lo había estropeado, hasta que lo levantó del suelo y se quedó mirándola con el corazón en manos de ella.

—Ninguna chica se casa con el consuelo de su despecho —ella sonrió más todavía—, menos yo. Te amo, Zane, quiero ser tu esposa y pasar el resto de mi vida contigo.

—Me alegro, porque no iba a aceptar una negativa. Todo es muy raro, maravilloso e inesperado, pero mi amor en sincero, y tienes que saberlo.

—Lo sé y creo que Janie lo aplaudiría, como dices en la canción. Está mirándonos en este momento y también está dándonos su bendición.

—Me encantaría creerlo.

—Yo lo creo, Zane. Volvamos al restaurante y demos la buena noticia. Me pareció que mi madre se quedó preocupada cuando me marché.

—No fue la única.

Zane la tomó en brazos y le dio un beso en los labios. Iba a abrazarla con fuerza y no iba a soltarla jamás.

No te pierdas *Una prueba de amor,*
de Charlene Sands,
el próximo libro de la serie
Bajo el influjo de la luna.
Aquí tienes un adelanto...

Adam Chase tenía derecho a conocer a su hija. Mia no podía negárselo, pero el corazón le sangraba todavía como si tuviera doce cuchillos clavados. Renegaba de su conciencia por haberla llevado esa mañana a Moonlight Beach. Los dedos se le hundían en la arena de la orilla mientras caminaba con las chanclas en la mano. Hacía más frío del que se había esperado y la niebla que llegaba del mar cubría la playa con un manto sombrío. ¿Era un presagio? ¿Había tomado una decisión equivocada? La inocente carita de Rose se le presentó en la cabeza. La llamaba «mi melocotón» porque era el bebé con las mejillas más sonrosadas que había visto en su vida. También tenía los labios muy rosas y cuando sonrió por primera vez, ella se derritió.

Rose era lo único que le había quedado de su hermana Anna.

Miró hacia el mar y vio, como había esperado, la figura de un hombre que nadaba más allá de las olas que rompían en la orilla. Hacía largos como si le hubiesen acordonado una zona y si podía fiarse de lo poco que había indagado, tenía que ser él. Adam Chase, arquitecto de fama mundial, vivía en la playa, era solitario por definición y también era un nadador empedernido. Por eso, tenía mucho sentido que saliera a nadar antes de que se llenara la playa.

La brisa le levantó el pelo y se le puso la carne de gallina en los brazos. Sintió un escalofrío en parte por el frío, pero también porque la misión que la había llevado allí era descomunal. Tendría que ser de granito para no estar asustada en ese momento.

No sabía qué iba a decirle. Había ensayado mil posibilidades, pero ninguna había sido la verdad.

Volvió a mirar hacia el mar y vio que estaba saliendo. Algo le atenazó la garganta. Había llegado el momento, aunque no supiera de qué. Se le daba bien pensar sobre la marcha. Calculó los pasos que tenía que dar para interceptarlo en la arena. El viento le ondeó el pelo y sintió otro escalofrío. Él dejó de nadar y se levantó en las aguas poco profundas. Tenía las espaldas anchas como las de un vikingo y a ella se le aceleró el corazón. Se acercó con unas zancadas largas y ágiles. Ella se fijó en su pecho musculoso, en su elegancia y fuerza. Las pocas fotos que había encontrado no le hacían justicia. Era hermoso como un dios altísimo que sacudió la cabeza y sus mechones veteados por el sol soltaron unas gotas de agua que le cayeron por los hombros.

—¡Ay!

Algo se le clavó en la planta del pie y notó un dolor muy intenso. Se lo agarró y se dejó caer en la arena. La sangre brotó al instante, se quitó la arena con la mano y se quedó boquiabierta.

Bianca

Él solo veía una salida:
legitimar a ese hijo casándose con ella

PROMESAS Y SECRETOS

Julia James

Eloise Dean se había dejado conquistar por el carismático magnate italiano Vito Viscari desde el primer día. Y, desde ese día, en su cama, había disfrutado de un placer inimaginable. Ella creía haber encontrado al hombre de su vida, pero no sabía que Vito nunca podría ser suyo.

El sentido del deber, y la promesa que había hecho a su padre moribundo, obligó a Vito a romper con Eloise, pero no era capaz de olvidarla.

Meses después, su obsesión por ella lo empujó a buscarla para volver a tenerla entre sus brazos. Solo entonces descubriría la sorprendente verdad: Eloise estaba esperando un hijo suyo...

Acepte 2 de nuestras mejores novelas de amor GRATIS

¡Y reciba un regalo sorpresa!

Oferta especial de tiempo limitado

Rellene el cupón y envíelo a
Harlequin Reader Service®
3010 Walden Ave.
P.O. Box 1867
Buffalo, N.Y. 14240-1867

¡Sí! Por favor, envíenme 2 novelas de amor de Harlequin (1 Bianca® y 1 Deseo®) gratis, más el regalo sorpresa. Luego remítanme 4 novelas nuevas todos los meses, las cuales recibiré mucho antes de que aparezcan en librerías, y factúrenme al bajo precio de $3,24 cada una, más $0,25 por envío e impuesto de ventas, si corresponde*. Este es el precio total, y es un ahorro de casi el 20% sobre el precio de portada. !Una oferta excelente! Entiendo que el hecho de aceptar estos libros y el regalo no me obliga en forma alguna a la compra de libros adicionales. Y también que puedo devolver cualquier envío y cancelar en cualquier momento. Aún si decido no comprar ningún otro libro de Harlequin, los 2 libros gratis y el regalo sorpresa son míos para siempre.

416 LBN DU7N

Nombre y apellido	(Por favor, letra de molde)

Dirección	Apartamento No.	

Ciudad	Estado	Zona postal

Esta oferta se limita a un pedido por hogar y no está disponible para los subscriptores actuales de Deseo® y Bianca®.
*Los términos y precios quedan sujetos a cambios sin aviso previo.
Impuestos de ventas aplican en N.Y.

SPN-03   ©2003 Harlequin Enterprises Limited

Bianca

La pasión amenazaba con dejar al descubierto la vulnerabilidad de ella...

AISLADOS EN EL PARAÍSO

Clare Connelly

Rio Mastrangelo no quería nada de un padre que nunca le había reconocido. Por eso, cuando heredó inesperadamente una isla, decidió venderla tan rápidamente como pudiera. Sin embargo, la posible compradora que llegó a sus costas no era la mimada heredera que Rio había estado esperando y su sensual cuerpo lo atrapó con un tórrido e innegable deseo.

Tilly Morgan aceptó una gran suma de dinero por hacerse pasar por la hija de su jefe, pero no había contado con que se encontraría con el atractivo Rio. Cuando una tormenta azotó la pequeña isla, los dos se quedaron atrapados, sin nada que los protegiera de su embravecido deseo.

DESEO

*¿Qué haría falta para convencerla
de que lo suyo era para siempre?*

Doble seducción
SARAH M.
ANDERSON

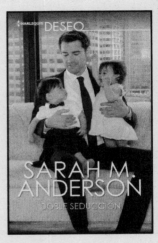

Sofía Bingham, viuda y madre de dos hijos pequeños, necesitaba un trabajo y lo necesitaba de inmediato para dar de comer a sus hijos.

Trabajar para el magnate inmobiliario Eric Jenner era la solución perfecta, pero su amigo de la infancia había crecido... y era irresistiblemente tentador. Claro que una inolvidable noche de pasión no le haría mal a nadie. Y, después de eso, todo volvería a ser como antes.

Pero Eric no estaba de acuerdo en interrumpir tan ardiente romance...